幼妻は2度花嫁になる

再婚厳禁なのにイケメン腹黒王太子が熱烈求愛してきます！

すずね凜

Illustration

Fay

gabriella books

幼妻は2度花嫁になる
再婚厳禁なのにイケメン腹黒王太子が熱烈求愛してきます！

contents

序章

カルサミヤ王国は、千年に亘る歴史と由緒のある国である。

この国では、数十年に一度、神殿の聖女と司祭の間に、純白の子が誕生することがある。その子は神の子として特別な力を有しているとされていた。純白の神の子は、生理の始まる前の十歳前後で神殿の最高位の神官と白い結婚をし、生涯処女で神官の妻として国守りの女神として祭り上げられる。結婚して純白の女神になると、なにかしらの治癒能力が目覚めると言われていて、その能力は女神により様々である。人の心を癒《い》やしたり、傷を治したり、動植物の病を治す力が芽生える者もいた。

純白の女神は国の宝とされ、離婚再婚は許されない慣《なら》わしであった。


リリア・アルミラは真っ白な髪の毛と透き通るような白い肌、そして紅玉《ルビー》のような赤い瞳を持って生まれた。神殿では五十年ぶりに誕生した神の子だ。

聖女であった母は産後の肥立ちが悪く、赤子のリリアを残して早逝《そうせい》してしまった。

そのため、リリアは神殿の奥深くに閉じ込められるようにして、大勢の巫女《みこ》たちに囲まれて大事に育てられた。

純白の神の子は、白い結婚をするまでは世俗の穢《けが》れにいっさい触れないのが慣わしであった。リリアの生活圏は男子禁制で、男性は高齢の神官以外は立ち入ることができない。

世俗の知識を入れないために、読む本は聖典だけと決められている。怪我《けが》や病気を回避するために、神殿の巫女候補の他の少女たちと遊ぶことも許されない。健康を保つために、食事は厳しく栄養管理され、身体に悪いとされる嗜好品《しこうひん》、コーヒーや紅茶やお菓子の類《たぐ》いはいっさい飲食できない。

世話係の巫女たちは、リリアを神の子として敬って丁重に扱ってくれるが、過度に親しく接してくることはなかった。

常に大勢の大人に囲まれ至れり尽くせりの世話をされる生活ではあったが、幼いリリアにはひどく孤独で寂しいものであった。


「ヘルガ聖女様、ヘルガ様!」

神殿の一角にあるヘルガ聖女の部屋に、リリアの鈴を振るような可愛らしい声と、軽快なぱたぱたという足音が聞こえてきた。

窓際の椅子に腰を下ろし、編み物をしていたヘルガは、声のする方に顔を振り向け優しく微笑《ほほえ》む。

「リリア、よく来たわね」

真っ白な法服に身を包んだ幼いリリアが、部屋に駆け込んでくる。リリアはもうすぐ七歳の誕生日を迎えようとしていた。白い髪は銀色の光を帯びて艶《つや》やかに長く、人形のように整った面立ちにぱっちりとした紅玉色の瞳が、神秘的な美しさをいっそう際立たせている。

リリアはヘルガにぱっと飛びついた。

「こんにちは、聖女様！」

リリアは甘えるようにヘルガの膝にふっくらした頬《ほお》を擦り付ける。

少し遅れて、リリアのお付きの巫女がぜいぜいと息を切らしながら入ってきた。

「リリア様、走ってはいけません。転んでお怪我でもしたらと、あれほど注意しておりますのに――」

ヘルガは巫女の方に顔を向け、穏やかに言った。

「私が付いていますから、大丈夫。あなたは時間まで部屋の外で待っていなさい」

「かしこまりました」

巫女が恭しく頭を下げ、部屋から退出した。

ヘルガはかつて純白の女神だった人だ。齢は五十歳。

白い結婚をした夫である最高位神官は、十年前に死去している。夫の死と共に、ヘルガは女神の位を失った。本来ならば、神性を失った者は最下位の巫女に落とされて、下働きをさせられる慣わしであった。だが、現国王は慈悲深い方だった。長年純白の女神として役割を果したヘルガは、国王の温情で下働きは免除され、神殿の奥で隠遁《いんとん》生活を送ることを許されていた。

リリアは、ヘルガの次に誕生した純白の神の子である。

ヘルガには人の心を癒やす治癒能力が備わっていたが、現役の女神時代にその能力を酷使したせいか、目を病んでしまい今はほとんど視力がない。そのため、日がな一日、窓際に座って編み物に勤《いそ》しんでいる。彼女はリリアと同じ立場だったため、彼女のことをとてもよく理解してくれる。自由な行動を禁止されている幼いリリアを不憫《ふびん》に思い、部屋に招いては好きに遊ばせてくれた。

そのため、リリアはヘルガに会いにいくのがとても楽しみだった。

巫女が出て行ったことを音で確認したヘルガは、リリアに声をかける。

「リリア、今日はなにをして遊びましょうか？」

リリアは透き通った頬をほんのり赤く染める。

「あのね、あのね、ツミツミがしたいわ」

ヘルガはうなずく。

「いいわよ。そこの棚にツミツミがあるから、出してきてテーブルに積んでちょうだいな」

「はあい」

リリアは元気よく返事をし、棚の下段にある木の箱を取り出した。その中には、同じサイズの木でできた直方体が五十四個入っている。リリアはそれをテーブルの上にきちんと揃《そろ》えて塔のように積み上げた。

「できました、聖女様。さあこっちへ」

リリアはヘルガの右手を取って立ち上がらせ、テーブルに誘導した。彼女の両手を、積み上げた塔にそっと触れさせる。

「ここにあります」

「わかったわ。ではリリア、あなたから抜いてちょうだい」

「はい」

リリアは首を傾《かし》げ、塔の中心の直方体を一本そろりと抜き、塔のてっぺんに置いた。

「真ん中の二十六番目のを抜きました」

「そう。じゃあ――」

ヘルガは少し考えてから言う。

「上から三番目のを抜いて、右端の上に載せてちょうだい」

「はい」

リリアは言う通りにした。

これは、抜いたパーツをどんどん塔の上に積み上げていくゲームで、先に塔を倒した方が負けである。ヘルガは見えないながらも、頭の中で塔を想像して抜くパーツを指示する。彼女はこのゲームがとても得意であった。

「うーんと、うーんと……」

リリアは真剣な顔でゲームに取り組む。

実は、このゲームはカルサミヤ国中で大人気だが、神殿では俗っぽい遊びだと敬遠されていた。ヘルガは国王の慈悲を受けた元女神なので、神殿ではいちもく置かれていた。そのため、リリアのためにこっそりとこのゲームを手に入れてくれたのだ。

しばらく二人はゲームに興じた。最後にリリアがパーツを抜くと、塔はがらがらと崩れてしまった。

「あー、また負けちゃったわ」

リリアが悔しそうに唇を尖《とが》らせる。

「ふふ——でも、ずいぶん上手になったわよ、リリア」

ヘルガが右手を伸ばし、リリアの頭に触れて優しく撫《な》でた。

「うふふ」

リリアはにこにこしてヘルガに撫でられた。

着替えや入浴以外でリリアに触れることは、巫女たちには禁じられている。リリアは人肌の温かさに飢えていた。リリアはゲームを片付けながら、何気なく聞く。

「聖女様——あのね、白い結婚をして女神になって幸せでしたか？」

「あら、どうしてそんなことを聞くの？」

「みんなが、私の幸せは女神になることだけだって毎日言いきかせるんだけど、最近、なんだかそれでいいのかな、って思ってしまうの」

口にしてから、リリアはハッとしたように声を改める。

「あ、こんな神様のご意思に背くようなことを考えてはいけないわ」

ヘルガは静かな声で答えた。

「そうね。女神としてお国の役に立てることは、とても誇らしいことだったわ」

「やっぱり――そうですよね」

ふいにヘルガは遠くを見るような目になる。

「でも……もし次に生まれ変われるなら――女神ではない人生がいいわ」

ヘルガの表情がひどくせつなくて、リリアはなぜだか胸がちくんと痛んだ。

そこで、外から扉をノックし、お付きの巫女が呼びかけてきた。

「お時間です、リリア様。夕方のお祈りの時間です」

神殿ではリリアは厳しく生活管理がされていて、ヘルガの元を訪れるのは一日一時間のみと決められてあった。

「あ、今行きます。それでは聖女様、失礼します。また来ますね」

リリアは慌ただしく部屋を出て行った。

「可哀想《かわいそう》なリリア——生まれながらに人生が決められているなんて」

部屋の残されたヘルガのつぶやきは、リリアの耳には届かなかった。


数日後の早朝。

リリアは、朝の祈りを捧《ささ》げに、神殿の奥庭にある聖なる泉へ向かっていた。

泉の手前まで来ると、お供の巫女たちは足を止めその場に跪《ひざまず》いた。聖なる泉には、神の子か女神しか立ち入ることが許されないのだ。

リリアは薔薇《ばら》の咲き乱れる小径《こみち》を抜け、泉の方へ歩いていく。

この時だけが、一人きりになれる唯一の時間だった。

奥庭は、梢《こずえ》を渡る風の音と時折小鳥の囀《さえず》りが聞こえるだけで、静寂に包まれている。リリアはほっと大きくため息を吐いた。小径の突き当たりに小さな泉が湧いていて、その前で祈りを捧げるのが日課だ。

泉の近くまで来ると、リリアはぎくりとして足を止めた。

誰かが泉の中に立っている。ほっそりとした姿は少年のようだ。シャツにズボン姿だ。ズボンの裾を捲《まく》って、素足を泉に浸《つ》けている。男性の子どもを見るのは、生まれて初めてだった。

「誰っ？」

警戒しながら声をかけると、少年がゆっくりと振り返った。

少年のさらさらした金髪が、そよ風になびく。

「あ……!?」

リリアは声を失う。

歳の頃は十二、三歳くらいだろうか。

ひょろりと背が高く、くっきりとした目鼻立ちで、とても賢そうな青い目をした美少年だった。生まれて初めて男の子を見たこともあいまって、リリアは息を詰めて彼を凝視してしまった。

少年も目を丸くしてリリアを見つめている。ここが禁制の神殿で、リリアが神の子であると言うことを知らないのだろうか。それにしても、いったいどこから現れたのだろう。

リリアは心臓のドキドキを抑えながら、威厳のある声を出そうとした。

「ここには、誰も入ってはいけないのよ」

少年は目を瞬く。

「へえ、そうなんだ」

少し偉そうに答えた声は、変声《へんせい》前の澄んだアルト声だった。

少年は、泉の向こう側の高い塀を指差した。

「塀の向こうの森を越えると離れがあって、僕はそこで暮らしている。僕はそこから出てはいけないんだ。牢獄《ろうごく》みたいなところさ」

この少年は自分と同じような境遇なのだろうか。胸が痛んだ。

「どうして？」

「まあ、いろいろわけありでね。でも退屈で仕方ないから、今朝、見張りの目を盗んで塀をよじ登ってここに来てみたんだ」

彼は素足でばしゃばしゃと泉の中を歩き回った。

「水が冷たくて、気持ちいいね」

聖なる泉を男子が素足で歩き回るなんて、ほんとうは穢れてとてもいけないことだろう。だが、なぜかリリアには少年の行動が少しも不快ではなかった。逆に、自分も同じように素足で泉の中に入ってみたいと思ってしまう。

少年がリリアの気持ちを読み取ったみたいに、右手を差し出して微笑んだ。指が長くて綺麗《きれい》とか笑顔が眩《まぶ》しいとか、甘い感情がどっと襲ってきて、一瞬で心が掻き乱される。

「君もおいでよ。一緒に、水遊びをしようよ」

リリアはふるふると首を振った。

「だめ、危ないことをしちゃいけないの。他の子と遊んでもいけないの」

少年は差し出した手をそっと下ろす。そして、怪訝《けげん》そうにたずねる。

「ここが神殿だっていうのは、知っている。君は、巫女さん？」

「……わ、私は、神の子、です」

「神の子――？」

少年に珍しいものでも見たような目つきをされ、なぜかひどく恥ずかしい気持ちになった。

「私は神の子で、もう何年かしたら、最高位の神官様と結婚して白い女神になるんです。だから、危ないことをしちゃダメだし、決められたことしかしちゃいけないし、決められた食べ物しか口にしちゃいけないの、お菓子とか歯が悪くなるから絶対ダメだし、ご本だって聖典以外読んじゃダメなの。水に入って風邪を引いたりしたら巫女たちから怒られてしまうし……」

言っているうちに、だんだん愚痴みたいになってしまった。日頃は心の奥底に押し隠してた不満が、なぜかこの少年の前では素直に口から出てしまう。

少年は黙って聞いていた。が、ふいに腰を屈《かが》め、両手で泉の水を掬《すく》うとリリアに向かって投げかけてきた。

ぱしゃっと水が顔に当たって跳ねる。

「きゃっ」

大袈裟《おおげさ》に悲鳴を上げると、少年がくすくす笑った。

「ほら、気持ちいいよ」

少年は水を掬っては、リリアにかけようとしてきた。

「きゃ、だめ、あ、やめて」

リリアはおろおろと逃げ回る。普段から激しい運動を禁じられいているリリアは、動きが鈍い。白い法服が濡《ぬ》れてしまう。

少年が手招きした。

「おいでおいで」

「だ、だって、そこは聖なる泉よ。入ったりしたら。神様の罰が下るわ」

「僕に罰は下ってないみたいだよ」

彼は両手を広げ、白い歯を見せてにっこりした。その瞬間、胸の奥が甘くきゅんと疼《うず》いた。

引き寄せられるように、少年に向かっていた。革のサンダルを脱ぎスカートの裾を持ち上げて、泉の中に踏み込む。ひんやりした水の感触は、裸足《はだし》にとても心地よかった。

「わ、あ……」

いけないことをしているという罪悪感と、生まれて初めての体験の感動に心臓がドキドキしてしまう。

「さあ、水かけっこをしようよ」

少年が水を掬ってかけるそぶりをしてくる。リリアはスカートの裾を帯びに挟んだ。恐る恐る、両手で透き通った水を汲み上げる。

「綺麗。お日様がこの中に落ちてきたみたい」

「どれ？」

少年が覗き込んできたので、リリアはすかさず掬った水を少年の顔に投げた。見事に顔の真ん中に命中した。

「わっ」

少年が素っ頓狂な声を上げたので、リリアは可笑《おか》しくてくすくす笑う。

「うふふ」

「やったな」

少年が屈《かが》み込《こ》んで、水を掬ってすばやく投げてくる。頭から水がかかった。

「きゃっ」

リリアは思わず水をかけ返す。

「おかえし」

「こっちこそ」

「きゃあ、うふふ」

「あはは」

こんなはしゃいで楽しい気持ちになったのは、おそらく生まれて初めてだった。

二人はしばらく、夢中になって水のかけっこをした。

終《しま》いには息が上がり、二人とも全身がずぶ濡れになってしまった。

「はあ、はあ——ああ、髪の毛がびしょびしょだわ」

リリアは長い髪を持って両手でぎゅっと絞った。それから、頭をふるふると振った。水滴が弾け、木漏れ日を反射して宝石のようにキラキラと光る。

「君って——すごく綺麗だね」

少年は魅入られたようにリリアの仕草を見つめている。

その時、向こうの泉の入り口から巫女の一人が呼びかけてきた。

「そろそろお時間です。祈祷《きとう》を終えてお戻りください」

リリアはハッと我に返った。

「今、行くわ」

大声で答えると、慌てて泉から上がった。サンダルを素早く履きスカートを直し、少年を振り返った。

「私、もう行かなくちゃ」

「あの——明日も、会える？」

少年は名残惜しげに言う。彼の白皙《はくせき》の頬が薄すら赤く染まっていた。

リリアは脈動が速まり、自分の頬も赤らむのを感じた。

「毎朝、この時間に泉でお祈りを捧げに来るの――雨の日だけは、そこの四阿《あずまや》でお祈りをするの」

少年はうなずいた。

「それじゃあ、僕も毎朝、脱走してここへ来るよ」

リリアは脱走という勇ましい言葉に、思わず笑みが浮かんだ。

「わかったわ」

「それじゃ、また明日ね」

少年はそう言い残すと、ぱっと泉から身を翻し高い塀の横の大木にするするとよじ登った。とても身軽な動作だった。少年は塀のてっぺんに飛び乗ると、こちらに手を振った。そのまま、さっと向こう側に飛び下りてしまう。

「……」

なんだか夢でも見ているようだった。リリアはぼうっと塀を見遣《みや》っていた。

「リリア様、リリア様」

巫女の呼びかける声が、苛立《いらだ》たしげになる。

リリアは慌てて小走りで泉の入り口に駆け戻った。

待ち受けていた巫女たちは、びしょ濡れのリリアの姿を見て悲鳴を上げる。

「どうなさったんですか⁉　ずぶ濡れではないですか！」「大変、急いで拭くものを持ってきて」「神殿の医師を呼びなさい。お風邪を召されたら一大事ですわ！」

巫女たちは大騒ぎでリリアを神殿に連れ戻し、濡れた衣服を脱がせ身体や髪を乾かし、温めた部屋で医者に診察させた。幸い、風邪は引かなかったようで、全員がやれやれと胸を撫《な》で下ろした。

「ごめんなさい——うっかり転んで泉にハマってしまったの」

リリアは小声で言い訳した。年かさの少し口うるさい巫女が、何度も繰り返し言い聞かせてきた。

「これからは、泉に近づき過ぎないようにご注意ください。リリア様は白い女神になられる大切なお方なのですよ。もっと神の子としての自覚をお持ちください」

「はい……」

殊勝気に俯《うつむ》いて答えたが、内心はあの少年のことばかり考えていた。

また明日——。そう考えるだけで、胸が弾んで顔がひとりでに綻んでしまう。

翌朝は、いつもより早く目が覚めた。

泉の入り口の前で、また年かさの巫女がくどくどと注意をしたが、ほとんど上の空であった。中に入ると、いちもくさんに泉目掛けて走り出した。こんなに全力で走ったのは、いつ以来だろう。もしかしたら、あの少年は約束を忘れて来ないかもしれない。ほんとうは、少年にからかわれていただけかもしれない――不安な予想ばかりしてしまう。

しかし、泉に辿《たど》り着くと、ほとりに腰を下ろしている少年の姿があった。少年はリリアの姿を見ると、さっと立ち上がって手を振ってきた。

「おはよう！」

澄んだアルト声と爽やかな笑顔に、胸がきゅんと熱くなる。

「お、おはよう」

小声で挨拶を返す。

少年はリリアに歩み寄ると、少し心配そうな顔になった。

「昨日は調子に乗ってしまったって、後で反省したんだ。濡れて帰ったりして、巫女さんたちに叱られなかったかい？」

優しい言葉に脈動が速まる。

「ううん。平気――風邪も引かなかったし」

「そうか。でも、お詫《わ》びにこれを」

少年は懐から小さな紙包みを取り出した。中身を指で摘んで取り出すと、

「口を開けて」

と声をかけてきた。リリアが反射的にああんと口を開く。少年は指で摘んだものをリリアの口の中

に放り込んだ。

「んっ？」

口いっぱいに柔らかな甘さが広がったかと思うと、それはあっという間に蕩《とろ》けた。

「美味《おい》しいっ」

食べたことのない甘さに、声を弾ませる。少年は嬉し気に目を細めた。

「マカロン、というお菓子だ」

少年はリリアの手の上に紙包みを乗せた。

「お菓子を食べたことがないって言ってたろう？　全部上げるよ」

リリアは紙包みの中の色とりどりの丸いお菓子を見て、目を丸くした。

「綺麗――宝石みたい」

「お食べよ」

「で、でも……甘いものは身体に悪いって巫女たちに言われてて……」

躊躇《ちゅうちょ》していると、少年が顔を寄せて内緒話みたいにささやく。

「ここには君と僕と神様しかいない。神様は寛大なお方だ。このくらいの盗み食いは、きっとお許しになるさ」

ちょっとずる賢い言い方に、リリアは頬が緩んだ。

「あの……もうひとつだけ」

リリアはピンク色のマカロンを一つ摘んで、そっと口に含んだ。苺《いちご》の風味がして、ほっぺたが落ちそうなくらい美味しい。

「ああ、夢みたいに美味しいわ」

気がつくと、ひとつ、もうひとつと、夢中になって口に放り込んでいた。

「やだ、全部食べちゃった。どうしよう」

紙包みが空っぽになってから、やっと気が付いてリリアは狼狽《うろた》えた。

少年が悪戯っぽく笑う。

「証拠隠滅」

リリアも釣られて笑ってしまう。

「うふふ」

「ふふふ」

二人は顔を見合わせてくすくす笑った。

「あの、私はリリアっていうの」

少年が口の中で何度もリリアの名前を繰り返した。

「リリア、リリア。とても響きのいい可愛《かわい》い名前だね」

リリアは心臓が破裂しそうなほどドキドキしていた。これまで数えきれないほど名前を呼ばれたが、こんなにも自分の名前が甘く心地よく聞こえたことはない。

「あの……あなたのお名前は？」

リリアは遠慮がちにたずねた。

少年は少し首を傾けてから、冗談交じりのような口調で答えた。

「そうだな、僕のことは泉の王子とでも呼んでくれるかな？」

「い、泉の王子様？」

「うん」

リリアは少年にもいろいろ事情があるのだろうと思い、うなずいた。

「わかったわ、泉の王子様ね」

「さて、時間が惜しいね、リリア、今日は何をして遊ぼうか。そうだ、木登りなんかどうかな？」

「そ、そんな危ないこと。お、落ちたら大変だわ」

リリアは尻込みする。

「平気平気、僕が支えてあげるから」

少年は側の木にするするとよじ登り。頭の上くらいの高さまでくると、右手で枝を握り、もう片方の手を差し伸べた。

「さあおいで」

「う、うん」

リリアはおずおずと少年の左手に自分の右手を預けた。

「いいかい？　そこの幹の窪《くぼ》みに足をかけて。そうそう、この枝まで引き上げるからね。行くよ？」

ぎゅっと手を握られたかと思うと、思いの外力強く上に引き上げられた。ふわりと身体が宙に浮いた。

「きゃっ」

気がつくと、太い枝の上に立っていた。

「さあ、ゆっくり腰を下ろして」

少年がリリアの腕と背中を支えて、枝に座らせてくれた。

「わあ」

小柄なリリアは、大人の背の高さくらいになった目線に歓声を上げた。

少年が隣に座った。その間も、ずっと背中に手を回して落ちないように支えてくれている。

リリアは足をぶらぶらさせた。

「風が気持ちいい」

「うん」

二人は寄り添ってしばらくそよ風を感じていた。

少年は、そっとリリアの横顔を眺める。

「綺麗な白い髪、白い肌、赤い瞳。君って、ふわふわの白いウサギみたいだ」

リリアは少年の視線を頬に感じ、耳まで血が上るのを感じた。

「あなたの黄金色の髪と空色の瞳も、とっても……その、綺麗だと思うわ」

恥ずかしくて、小声になってしまう。少年が嬉《うれ》しそうに笑う。

「ありがとう。君もとても素敵だ」

リリアはずっと心の中で気にしていたことを口にする。

「そう？　こんな髪や目の色、他の人たちと違うから——変じゃない？」

ヘルガ聖女は別にして、周囲の人々がリリアの特異な容姿を敬いながらも、どこか恐れていることを、子どもながらに薄々感じていたのだ。

少年がリリアの顔を覗き込み、まっすぐ視線を合わせてきっぱりと言った。

「とても君らしいよ。世界中で、こんなに綺麗な髪や目を持った人なんか、きっといない」

リリアは心の底から喜びが込み上げてきて、なんだか泣きそうになってしまう。

「……ありがとう……」

消え入りそうな声で答えた。

「ほんとうだよ」

少年が真剣な声で言う。

「うん」

リリアは顔を上げ、少年ににっこりと微笑んだ。少年が目元を染めて、ふっと視線を外す。彼は照れくさそうに言う。

「明日は、なにか面白い物語本を持ってくるね」

「え——でも、俗世の読み物を読んだらダメって言われてて……」

「秘密。二人だけの、ひ、み、つ」

少年が歌うように言う。純粋無垢《じゅんすいむく》なリリアの真っ白な心に、なにかほんのりと暖かい色がついていくような気がした。

「うん、ひみつね」

「そう、そう」

二人は顔を見合わせ、くすくす笑いを漏らした。

それからのひと月は、リリアにとって夢のような時間だった。

毎朝、泉での祈祷の一時間だけが、リリアに許された自由なひとときだった。少年は必ず泉で待っていた。

彼の持ってくる物語本を一緒に読んだり、お菓子を摘んだり、追いかけっこをしたり、カードゲームのやり方も教わった。雨の日は四阿で雨音に耳を澄ませたり――少年と過ごすと、あまりに楽しくて嬉しくてドキドキして――あっという間に時間が過ぎてしまう。

ある雨降りの日、寄り添っておしゃべりをしていたリリアは、ふと、少年にだけは本心を言おうかと思った。

「私、ほんとうはね、神殿以外の世界も知りたいの。白い女神は生まれてから死ぬまで、この神殿を出ることができないのよ。それが、なんだかとっても寂しいの」

聞いていた少年は、ひどくせつなそうな顔をした。

「僕も、あの離れから出ることは許されない――でもね、リリア。僕は約束するよ」

彼は澄んだ青い目でまっすぐにリリアを見つめた。

「いつかきっと、君をこの神殿から出してあげる。必ずだ」

リリアは心のこもった少年の言葉に、胸がじんと熱くなる。そんなこと、無理に決まっていると幼心でもわかっていた。最高位の神官と白い結婚をし、白い女神としてこの神殿で生きる自分の運命は変えられない。でも、真摯な少年の顔を見たら、そんなことは言えやしない。

「うん、待ってるわ」

「信じて。僕は本気だよ」

「信じてる」

「リリア――」

少年は吐息と共に甘く名を呼んだ。そして、ふっと彼の端整な顔が寄せられた。少年の息遣いを頬に感じ、思わず目を閉じてしまう。

唇にゆっくりと、柔らかく温かいものが押し付けられた。

「ん……?」

すぐにそれは離れた。リリアは何をされたのかわからなかった。だが、次の瞬間、口づけされたのだと気がつき、全身が甘く震えた。おそるおそる目を開けると、すぐ目の前に頬を染めた少年の顔がある。

「もう一回、いい?」

彼が掠《かす》れた声で聞く。こくんとうなずき、瞼《まぶた》を閉じた。少年の両手が、そっとリリアの顔を包み込み、少し上向かせた。そして、再び唇が重なる。甘やかな感触に息が詰まり、心臓が壊れそうなくらいドキドキいっている。

しとしとと雨音が聞こえ、永遠の時間が流れたような気がした。

ゆっくり唇が解放され、リリアは大きく息を吐いた。

こつんとおでこをくっつけて、少年がささやく。

「僕の白ウサギ《ミナヴァルコカニン》」

胸が締め付けられる。

自然と答えていた。

「私はあなたの白ウサギ《シヌンヴァルコカニン》」

頬に触れている少年の手がかすかに震えたような気がした。

二人はそのまま、いつまでも見つめ合っていた。


「この頃、声がとても明るくなったわね。リリア、なにかいいことでもあったでしょう?」

ヘルガを訪問したある時、そう聞かれてリリアは、胸の内が見透かされたようで跳び上がりそうになった。

「へ、ヘルガ様、わ、わかりますか?」

「わかりますとも。あなたの声や態度がとても生き生きしているもの」

リリアはこれまで少年とのことは誰にも秘密にしていたが、心優しいヘルガになら打ち明けてもいいかもしれないと思った。

「あのね、あのね。ヘルガ様、今度、内緒のお話をしたいの。ヘルガ様にだけ教えてあげる」

「あらなにかしら。楽しみにしているわ」

「うふふ、待っていてくださいね」

明日少年に会ったら、二人だけの秘密をヘルガに打ち明けてもいいか聞いてみるつもりだった。

――翌朝は、夜明け前からしとしとと雨が降っていた。

リリアは頭からすっぽり覆う雨用のコートを羽織り、泉の入り口から四阿を目指した。天気の悪い時には、少年はいつも四阿に設けられた長椅子の上に腰を下ろし、本を読んで待っていてくれた。

「泉の王子様、おはよう」

息を切らしながら四阿に飛び込んだが、人の気配はなかった。

「珍しいわ、王子様が遅刻なんて……」

リリアはケープのフードを外すと、長椅子に近づいた。そこに一枚の書き置きがあった。

「⁉」

胸騒ぎがして、慌てて書き置きを手にした。

「リリア　深夜に急に王都に戻ることになった。君に会ってさよならをいう時間もない。見張りの目を盗んで、急いでこの手紙を置いていく。リリア、きっといつか必ず君に会いにくる。君をそこから救い出す。約束だ。僕の白ウサギ《ミナヴァルコカニン》へ。　泉の王子より」

綺麗な筆記体で記されてあった。

「王子様……泉の王子様」

書き置きを持つ手がぶるぶると震えた。

目頭がツンと痛くなり、涙が目に浮かぶ。

突然の別れだった。いつか、そんな日が来ると、わかっていた。

もう会えない。きっともう二度と会えない。お腹《なか》の底から深い悲しみが込み上げてくる。

でも、少年は最後までリリアに希望を与えてくれたのだ。

リリアは書き置きを胸に抱きしめる。涙がとめどなく溢《あふ》れてくる。

「……あなたの白ウサギ《シヌンヴァルコカニン》」

消え入りそうな声でつぶやいた。


その後――少年は二度と泉に姿を現さなかった。

初めのうちこそ、リリアは淡い期待に胸をときめかせていた。が、一年二年と経《た》ち、次第に白い結婚の期日が迫ってくると、それは哀《かな》しい諦めに変わった。

そして十歳になった頃に、月のものが訪れ、リリアは慣例に従い、齢八十才のラトゥリ最高神官と白い結婚をすることになった――。

白い結婚式の前日である。

リリアはある決意をもって、ヘルガの部屋を訪れていた。

「リリア、おめでとう。明日はいよいよ白い結婚の儀式の日ね。あなたの純白の花嫁姿はどんなに綺麗でしょうね。この目で見たかったわ」

ヘルガはわざとらしく明るい声を出す。少年と別れてから、リリアはすっかり生気を失ってしまった。ヘルガは理由は聞かずにいろいろ慰めてくれようとしたが、リリアの気持ちは沈みきったままだった。

リリアは椅子に座っているヘルガの前に跪くと、その膝に両手を置いた。

「ヘルガ様。お願いがあります」

思い詰めたリリアの声に、ヘルガは表情を改める。

「どうしたの、リリア？」

「私、ずっと心に想《おも》っていた人がいるんです」

「えっ――」

ヘルガが息を呑《の》む。リリアはヘルガの手を握った。

「でも、明日は白い結婚式。私はラトゥリ最高神官様と結婚し、白い女神としての人生をまっとうすると決意しました。だから――」

声が震えてしまう。

「だから、どうかヘルガ様。私の心から、その人の想《おも》い出を消し去ってください。どうか――」

泣くまいと決めていたのに、涙声になってしまう。

「リリア――あなた――そうだったのね。不憫な――」

ヘルガも声を詰まらせる。

「でも、それでいいの？　その人のことを忘れてしまっていいの？」

リリアは涙を呑み込み、きっぱりと言った。

「あの人のことを想いながら、白い結婚をするのはあまりに苦しいんです。夫となるラトゥリ最高神官様には、誠実にお仕えしたいの。だから、どうかお願い！」

「リリア――なんて健気《けなげ》な決意でしょう。わかりました。私の残っている治癒能力のすべてで、あなたの心からその人の想い出を消してあげましょう」

ヘルガの右手がリリアの頭に乗せられた。

「ほんとうに、いいのね？」

「はい……」

リリアはぎゅっと目を瞑《つぶ》る。ヘルガの右手からなにか熱い思念のようなものが湧き出し、リリアの頭の中に沁《し》みていく。頭がぼうっとしてきた。

（これでいいんだわ。私はこれから、白い女神として生きていくんだ）

リリアは心の中で、少年に最後の別れを告げる。

（さようなら、泉の王子様。大好きでした……）

少年の面影が次第に薄れていく。直後、ふっと気が遠くなり、なにもわからなくなった。


翌日。

純白の婚礼衣装に身を包んだリリアは、大勢の巫女や神官たちに囲まれ、神殿の祭壇の前で夫となる人の訪れを待っていた。

そこへ、血相を変えて巫女の一人が駆け込んできた。

「た、たいへんでございます！　今朝方、ラトゥリ最高神官がお亡くなりになりました！」

「ええっ⁉」

リリアは愕然《がくぜん》とした。

周囲の巫女や神官たちも動揺している。

「なんということだ！」「高齢で持病がおありとお聞きしていたが、まさか結婚式当日に——」「これは前代未聞の事態だ」「婚礼は中止に！」

混乱の極みの中、リリアは祭壇の前から連れ出された。

部屋に戻されたリリアは、茫然自失《ぼうぜんじしつ》だった。

その後、神殿の位の高い神官たちで、リリアの婚姻に対する討議が行われた。

結論として、結婚前に最高神官が亡くなったことでリリアは忌むべき存在とされた。そのため、再度白い結婚をすることも不吉とされ、神殿の奥の一室で余生を過ごすと決められた。

こうして——リリアは、神殿の奥で孤独で虚《むな》しい日々を送ることとなったのだ。

悲痛な覚悟を決め、七十歳も年上のラトゥリ最高神官との婚姻に臨んだのに。その決意も虚しく、たった十歳で隠遁生活を強いられ、生き甲斐も失ってしまった。

リリアの心は抜け殻のように空っぽになってしまった

時折、胸の内のどこかに誰かを待ち侘びているような強い郷愁が湧き上がるが、それが何なのかわからないままだった。

そんなリリアに、突然王宮から呼び出しがかかったのは、十六の春を迎える頃であった。

第一章　純白の女神は熱烈求婚される

王宮にリリアを呼び出したのは、カルサミヤ王国の第二王子クリスティアンであった。

「なぜ王家の方が、私なんかに、なんの御用だというの？　王宮に行くなんて、怖いわ」

動揺を隠せないリリアの質問に、お付きの巫女たちも皆首を傾げるばかりだ。長年仕えてきた年かさの巫女が、冷静に答えた。

「でもリリア様。クリスティアン王子殿下は、御年二十二歳のお若さであられますが、法務大臣の地位に就かれ、長く病に臥《ふ》している国王陛下の右腕として国政を治めておられます。クリスティアン王子殿下のご命令に逆らいご気分を害されでもしたら、この神殿にもなにかしらの制裁が下ることも考えられます」

「――っ」

リリアは唇を噛《か》んだ。生まれてから今に至るまで、神殿の中で世話になって生きてきた。迷惑がかかることだけは避けたい。

「わ、わかりました。王宮に参ります……」

翌週。リリアは訳がわからないまま、王宮からの迎えの馬車に乗り込んだ。普段は厳重に閉め切られている神殿の正門が、重々しく開く。

生まれて初めて神殿を出た。

しばらくは緊張して馬車の中に縮こまっていた。お供の巫女も、神殿の外は穢れだらけだと信じ込まされているので、目を閉じて祈りの言葉を呟《つぶや》き続けている。しかし程なく、若いリリアは好奇心が抑え難くなり、そっと窓から外を眺めてみた。

「わ……あ」

賑《にぎ》やかで色鮮やかな王都の景色に、思わず声が漏れた。

国の色である青色を基調とした家並み、整備された石畳の道路、すれ違うたくさんの馬車、往来を行く大勢の街の人々、見たこともない商品を並べている無数の店舗――まるで別世界だった。

神殿では、礼拝堂と祭壇以外は華美な装飾は禁じられ、勤倹質素を強いられてきたので、賑やかで彩りに溢れた外界の様子に、リリアは目が眩《くら》みそうだった。そして、自分が身に纏《まと》っている何の装飾もない生成《きな》りの綿のドレスが、ひどくみすぼらしいもののように思えてくる。王宮に上がるので、洗濯したてのできるだけ綺麗なドレスを選んだつもりだったが、街を行き交う女性たちの方がよほど素敵なファッションをしているように見えた。

リリアは王宮に到着するまで、ひたすら外の景色に見惚《みほ》れていた。

王都の南に位置する王城は、少し小高い丘の上に建っていた。

煉瓦《れんが》を積み上げた高い城壁に囲まれ、四つある尖塔《せんとう》は天を突くばかりの高さ、石灰で白く染めた五階建ての石積みの城は勇壮にして堅牢《けんろう》だ。歴史が古く由緒あるカルサミヤ王国の、正に象徴といえるような城塞である。

正門前に馬車が止まり、外から真っ赤な制服の近衛兵《このえへい》が扉を開く。馬車に階段が装着され、白い法服を身に纏った黒髪の若い神官が恭しく出迎えた。

「リリア様、お待ちしておりました。私はハンネス二級神官と申します。神殿から派遣され、リリア様をお待ちしておりました。王子殿下がお待ちかねでございます。謁見の間にご案内します」

「……はい」

神殿関係者が出迎えてくれたことで、少しだけ気持ちが落ち着く。リリアはハンネス二級神官の手を借りて、恐る恐る馬車を下りて、城の中に入った。後ろからお供の巫女が付き従うが、怯《おび》え切っている。今にも死にそうな顔をしている。

広い玄関ホールから四階まで吹き抜けになっていて、黄金の巨大なシャンデリアが無数に下がっている。磨き上げられた大理石の床の中央には、異国の複雑な模様を刺繍《ししゅう》した絨毯《じゅうたん》が敷かれてある。太い円柱に支えられた廊下の左右の壁には、神話を題材にしたフレスコ画が一面に描かれてあった。

あまりの豪華絢爛《ごうかけんらん》さに、リリアは気が遠くなりそうだった。

「あの……ハンネス神官様。王子殿下のご用向きはなんなのですか？　私、なにか殿下のお気に召さないことでもしましたか？」

廊下を先導するハンネスに小声でたずねる。彼は穏やかに答えた。

「それは、わかりかねます。しかし、クリスティアン王子殿下は、非常に知的でかつ進歩的な考えのお方です。私も含めた神殿の若い神官たちには、絶大の信頼があります。きっとリリア様に不都合なことではないと思いますよ」

宥《なだ》めるように言われ、ハンネスの言葉を信じるしかなかった。

広く複雑な城の中をどこをどう歩いたかさえ定かではない。やがて、槍《やり》を構えたいかめしい衛兵に守られた大きな樫《かし》の扉の前に到着した。そこが謁見の間だろう。ハンネスが扉の前で声を張った。

「リリア・アルミラ様のご到着です」

すると、内側から若い栗色《くりいろ》の髪の臣下が扉を開け、恭しく言う。

「ようこそ、お待ちしておりました。私は王子殿下付きの補佐官スルホと申します。これから先は、リリア様だけお入りください」

「え……私、だけ？」

心細さに声が震えた。思わずハンネスを振り返ると、彼が促すようにうなずく。その際、ハンネスはスルホ補佐官と挨拶するような目配せを交わした。二人は知り合いなのかもしれない。

そっと謁見の間に足を踏み入れた。

「――」

広間の中央に赤い絨毯が敷かれ、その先に階があり最上段に玉座が置かれてあった。

「階の下まで行かれ、そこで跪いて王子殿下をお待ちください」

スルホに言われるままに階の下で跪く。スルホは扉の前まで下がった。

クリスティアン王子はいったいなんの用があるのだろう。不安と緊張で手足が震えている。すぐに、先振れの侍従が高らかに声を上げる。

「王子殿下のお出ましです」

リリアは顔を伏せ身を固くして息を詰めた。

階の上の壁の扉が開き、人が歩いてくる気配がする。衣擦《きぬず》れの音と共に、響きの良いコントラバスの声が聞こえてきた。

「クリスティアン・クライネンだ」

背骨を擦り上げていくような色っぽい声だ。リリアは緊張で喉がカラカラになってしまったが、あらかじめ神殿で言い含められてきた挨拶の言葉を述べようとした。

「リリア・アルミラでございます。王子殿下にはご機嫌麗しく――」

「挨拶などいい。面を上げよ」

性急な口調で言われ、慌てて顔を上げる。玉座に座っているクリスティアンと目が合った。

「っ――」

リリアは彼をひと目見て、息を呑んだ。

艶やかな金髪に深い青い目、彫りが深く彫刻のように整った美貌だ。金の肩章のついた青い礼装に青いマントを羽織り、肩幅は広く均整の取れたがっちりした体躯《たいく》だ。磨き上げられた革のブーツに包まれた足はすらりと長く、座っていても長身であろうと察しがつく。そして、全身から漂う圧倒的な威厳と気品。リリアは失礼を顧みず、見惚《ほ》れてしまう。

クリスティアンの方も、ひたとこちらを見つめている。その瞳の中に、なにか懐かしいような色を感じたが、気のせいかもしれない。彼の表情が和らぐ。その優しげな眼差《まなざ》しに。胸の奥がきゅんと痺《しび》れた。

「美しくなったな――」

クリスティアンが独り言のように言う。

「え……？」

自分のことを言っているのだろうか。過去にクリスティアンと会ったことがあったろうか。戸惑っていると、次の瞬間、クリスティアンがため息と共によく通る低い声でつぶやく。

「ミナヴァルコカニン」

言葉の甘い響きに、なぜか心臓が大きく跳ねた。

しかし、その言葉になぜこんなにもドキドキするのか、リリアにはわからなかった。

キョトンとした顔をすると、にわかにクリスティアンの顔が不機嫌そうになった。

「あなたは――覚えていないのか？」

「あ……の……私は……」

何がクリスティアンの気に障ったのかわからず狼狽えていると、やにわにクリスティアンが立ち上がり、ゆっくり階を下りてきた。やはり背が高い。近づいてくると、彼が身にまとう支配者特有の迫力感に身が竦《すく》んだ。思わず顔を伏せてしまう。

目の前でクリスティアンが膝を突いた。

突然、無骨な男の指先が頬に触れてきて、ぎくりと肩を震わせる。つーっとその指先が頬を撫でると、背中にざわっと不可思議な痺れが走った。クリスティアンの指がゆっくりと下りてくると、くいっと顎を持ち上げた。

「あ」

すぐ目の前に端整なクリスティアンの顔があった。彼がまっすぐに見つめてくる。

クリスティアンが身に纏う爽やかなフレグランスの香りが鼻腔《びこう》を擽《くすぐ》る。異性にこんなにも接近されて凝視されたことはない。緊張と共に心が甘ずっぱい感情でいっぱいになり、彼に視線が釘付《くぎづ》けになってしまう。脈動が速まり、呼吸が止まりそうだ。

「ミナヴァルコカニン」

クリスティアンが再び同じ言葉をつぶやく。

「……」

頭のどこかでなにか訴えてくる記憶のカケラのようなものがある。しかし、それは薄らぼんやりして形を成さない。それがとても悲しくて胸が苦しくなる。

「私が、怖いのか？」

クリスティアンが固い声で言う。

「え？」

「泣いている。泣くほど、怖いか？」

クリスティアンの指先が、頬を伝う透明な雫《しずく》を掬《すく》い取《と》った。それまで、自分が涙を流していることに気が付かなかった。

「こ、怖くは、ありません……でも、なにかとても悲しくて……申し訳ございません」

「もういい――」

ふいにクリスティアンが突き放すように言って、立ち上がった。

これで面会は終わりなのだろうか。なぜここに呼ばれたのか、その理由もまだ聞いていない。だが、

クリスティアンの気分を損ねたことだけはわかった。このままでは、神殿にまで不興が及んでしまうかもしれない。

「あのっ、恐れながら殿下、わ、私へのご用向きはなんでございましょう」

潤んだ瞳でクリスティアンを見上げると、彼が眩しそうに目を細めた。そして強い口調で言った。

「私はあなたと結婚する」

「え⁉」

しばらく言葉の意味が頭に入ってこない。目を瞠《みは》って呆然《ぼうぜん》としていると、クリスティアンがさらに気持ちを込めたような声色で繰り返した。

「私はあなたと結婚する、と言ったんだ」

「いえ、でも、あの……神の子として生まれた私は、神殿の最高位神官様としか結婚できない決まりです。私は最高位神官様の死で叶《かな》わず、もう二度と結婚することは許されていません」

おろおろと訴えると、クリスティアンは不敵な笑みを浮かべた。

「問題ない。私は法務大臣だ。先だって、閣議で神殿の結婚法を改正した。結婚は当人同士の自由意志で、神の子も神官以外と、自由に結婚できる法制になったのだ。そうだな？　スルホ補佐官？」

クリスティアンが、入り口に直立不動になっているスルホに顔を振り向ける。スルホは恭しく答えた。

「その通りでございます。先週の閣議で正式決定しました」

リリアは唖然《あぜん》とした。

クリスティアンの言葉は、まるでリリアと結婚したいがために、法律を変えてしまったのだという ように聞こえたからだ。

クリスティアンが右手を差し出した。

「立ちなさい、リリア」

「――あ、はい」

王子殿下の手に触れるなど畏れ多いが、振り払うわけにもいかず、そろそろと右手を彼に預ける。 温かく大きな掌《てのひら》の感触に、胸がきゅうっと締め付けられた。

リリアが立ち上がると、クリスティアンは手を握ったまま、再び跪く。今度はリリアがクリスティ アンを見下ろすような形になった。

「リリア、私はあなたと結婚したい」

「――」

「私はずっと前から、聖なる白い女神を妻にすると決めていた」

今、王子殿下から求婚されているのだと、リリアはやっと悟る。しかし、なぜ自分なのか？　頭の 中が大混乱して、理解が追いつかない。

「な、なぜ？　私なんかと……？」

おろおろと声を震わせると、クリスティアンが一瞬、ひどく傷ついたような顔になった。どうしてそんな顔をするのか。しかし、その表情はせつなくリリアの胸に迫ってきた。

「リリア、私は――」

クリスティアンがなにか言いかけた時だ。

扉の外で、言い争うような騒ぎが聞こえてきた。

「中に通せ。弟に合わせろ」「私は準最高位神官であるぞ、通せ」

クリスティアンがあからさまに不快な表情になった。

彼はさっと立ち上がると、扉の前のスルホに命じた。

「スルホ、開けろ」

「は」

スルホが扉を開くや否や、彼を突き飛ばすようにしてどかどかと男たちが飛び込んできた。

一人は恰幅《かっぷく》の良い王族の服装をした男と、もう一人は高位神官の印のついた法衣《ほうえ》を纏った中年の男だった。扉が閉まる前に、外から気遣わしげに覗き込んでいるハンネスの顔が、ちらりと見えた。

クリスティアンは背後にリリアを庇《かば》うようにして、二人の男の前に立ち塞がった。

「いきなり失礼ではないですか？　兄上にラトゥリ準最高位神官殿」

リリアはハッとする。ラトゥリ準最高位神官は、リリアと白い結婚をするはずだったラトゥリ最高神官の息子に当たる人だ。今は最高位神官の地位は空いたままだが、これまでの慣例に従えば、いずれは息子の彼が最高位神官の地位に着くことになるだろう。彼は傲慢で威圧的な態度を取る人で、神殿では皆に恐れられ内心嫌われていた。

ラトゥリは、慇懃《いんぎん》にクリスティアンに告げる。

「殿下、神殿の女神と王族の結婚など、カルサミヤ王国史に前例がございませんぞ」

クリスティアンは冷ややかに答える。

「では私が前例になればよいではないか?」

ラトゥリは狐《きつね》のような細い目を吊《つ》り上《あ》げる。

「殿下はおそらく、神の子が結婚して女神となれば、秘められた神秘の力が目覚めることをお知りになり、その能力が手に入れたいがために、このような結婚を言い出されたのでございましょう?」

その言葉は胸にずしんと重く響いた。

確かに、神の子は白い結婚をして女神となれば、なんらかの治癒の能力が芽生えるのが通例だ。しかし、結婚前に相手に死なれてしまったリリアには、なんの能力も目覚めないままだった。クリスティアンがなぜリリアと結婚しようとするのか、その理由がやっとわかった気がした。結婚してリリアの神秘の能力を目覚めさせることが目的なのだ。

「だったら、どうだというのだ?」

クリスティアンが不敵に答える。ラトゥリはムッとした顔になった。

「恐れながら、この者は不吉でございます」

彼はリリアを指差した。

「白い結婚前に夫となる神官様を亡くしております。忌むべき純白の女神は、おそらく神性が失われ、備わっているはずの神秘の能力も消えていることでしょう。殿下のお役には立ちませぬ」

面と向かってあからさまに誹《そし》られ、リリアは屈辱感に唇を噛んだ。リリアの薄い耳朶《じだ》が真っ赤に染まったのを、クリスティアンはじっと見ていたが、平然としてラトゥリに言い返した。

「神はこの結婚に反対をしたのか？」

「は？」

「私の結婚に対して、神の御神託《ごしんたく》でも下ったのか？」

「い、いえ——それは」

ラトゥリは口ごもった。

神殿の中央には、神を祀《まつ》った祭壇がある。祭壇の上には大きな石板が置かれあった。聖典によれば、ある日突然石板が燃え上がり、そこに文字が刻まれるという。それが神からの御神託であると伝えられていた。御神託は絶対で、国王ですら逆らうことはできないとされていた。

ただし、御神託が下るという伝承は神話時代の逸話であり、この数百年の間、カルサミヤ王国で御神託が下った前例はなかった。

「では、この結婚を拒むものはなにもない」

クリスティアンは言い放つ。

「っ――」

ラトゥリは、悔しげに顔を歪《ゆが》めた。そして、阿《おもね》るように隣の恰幅のいい男に話しかけた。

「アーポ第一王子殿下、兄として弟君の少しばかり独善的な行動を、どうかお諌《いさ》めくださいませ」

そう促され、アーポ第一王子は太鼓腹を突き出すようにして、クリスティアンに向かい合う。酔っているのか、ぷんぷんお酒の匂いを撒《ま》き散《ち》らしていた。クリスティアンが頭ひとつ分も背が高いので、アーポはさらにふんぞりかえる。そして、きいきいした耳障りの悪い声で怒鳴った。

「クリスティアン、お前、父上が寝たきりなのをいいことに、やりたい放題だな！　我が王家は由緒正しい血筋を尊重してきたのだ。そんな、不浄な女神を王家に娶《めと》るなど、とんでもないぞ！」

クリスティアンは冷ややかにアーポを見下ろした。

「王族であれ平民であれ、結婚の自由は法律で保障されるよう議会で決定しました。それより、兄上も少しもで政務に興味があられるのなら、朝からお酒などめさずに、たまには議会に参加されたらいかがですか？」

「うぬぬ」

痛いところを突かれたのか、アーポは顔を真っ赤にさせた。そして、忌々しげにつぶやく。

「寵妾《ちょうしょう》の子のくせに！――」

「！――」

クリスティアンの肩がぴくりと上がった。背後にいたリリアは、背中に回したクリスティアンの手がぎゅっと固く握られたのに気が付く。世間知らずのリリアには、アーポの言葉の意味が理解できなかった。しかし、侮蔑の意味だろうとは、クリスティアンの反応で感じられた。

クリスティアンが押し黙ったのをいいことに、ラトゥリはかさにかかったように言い募る。

「殿下、結婚が双方の意思に基づくとおっしゃるのなら、その娘はこの結婚に同意しておりますのでしょうな？　おいリリア、前に出なさい」

位の高い神官に命令され、リリアはおずおずとクリスティアンの陰から姿を現した。神殿では規律は非常に厳しく、位の高い人物の命令は絶対である。白い結婚に失敗し女神になり損ねたリリアは、神殿での立ち位置は非常に低いものだった。

ラトゥリは凄《すご》みのある声で言う。

「お前は殿下との結婚を同意したのか？　正直に述べよ」

リリアは竦《すく》み上《あ》がった。今まで、生きる気力も失い漫然と生きてきたリリアには、この急展開に気持ちが追いついていなかった。いや、自分の人生を自分で決めるという勇気が、リリアにはまだなかったのだ。

「わ、私……は……」

しどろもどろのリリアに、ラトゥリは勝ち誇ったように言う。

「殿下、娘はどうやらこの結婚に尻込みしているようでございますよ。これでは、双方の同意のもとの結婚は成り立ちませんな？」

「そのようだな。ラトゥリ準最高位神官。では、この娘を連れてさっさと神殿に戻るがいい」

アーポも尻馬に乗る。

「待て！」

ふいにクリスティアンが凜《りん》とした声を出した。威厳のある声色に、一同がびくりと動きを止める。

クリスティアンはくるりと振り返ると、リリアに右手を差し出した。

「おいで」

彼の眼差しは熱がこもっていた。その色っぽい瞳に見つめられると、リリアは全身がぽうっと熱くなる。

「――はい」

思わず、彼の手に自分の手を預けていた。

リリアはクリスティアンに導かれ、そろそろと歩き始めた。

「で、殿下、どちらへ？」

声をかけてくるラトゥリに、クリスティアンは肩越しに答えた。

「私はまだ、この娘に正式に求婚していない。返事をもらうまでここで待つがいい」

ラトゥリが疑い深い声を出す。

「で、では、私もご一緒に――」

するとクリスティアンが苦笑した。

「愛の告白の場に立ち入るなど、無粋だぞ。準最高位神官殿」

「く――」

さすがにラトゥリもそれ以上はでしゃばれないようだった。

クリスティアンは、戸口に棒立ちになっていたスルホに声をかけた。

「屋上へ行く」

「はっ」

スルホは素早く扉を開けた。廊下で待機していた衛兵やハンネスは、連れ立って出てきた二人をぽかんとして見ている。

「しばし、人払いを」

クリスティアンはそれだけ言うと、リリアの手を引き、廊下の奥へ向かう。とっつきには上へ登る螺旋階段《らせんかいだん》があった。

「おいで。足元に気を付けて」

クリスティアンはリリアの手をしっかり握ったまま、薄暗い階段を上っていく。リリアはクリスティアンの真意がわからないまま、後に従った。最上階まで登ると、クリスティアンは屋上への狭い扉を押し開ける。

さっと風が吹き込んだ。いきなり日差しが差し込み、その眩しさにリリアは目を細めた。

「ここは、王族しか立ち入れない場所だ」

クリスティアンは屋上の手摺《てす》りに辿り着くと、やっとリリアの手を離した。

「リリア、見てごらん」

促され、顔を上げる。

「わ……！」

王都で一番高い場所に位置する王城の屋上からは、街全体ばかりでなく遥《はる》か遠くの地平まで見渡すことができた。

ずっと神殿の奥の狭い一角で身を潜めるように生きてきたリリアにとって、こんな広大な景色を見るのは初めてだった。

「ああ……なんて広いんでしょう」

思わず感嘆の声が漏れた。

クリスティアンはリリアの隣に並び、自分も遠景を眺める。

「我がカルサミヤ王国は、西は海、東と南は大平原、北は氷を頂く山々に囲まれている。この大陸で、二番目に広い国土を持つんだ」

「そうなのですね……」

リリアは感動で声が震える。

「殿下、私、生まれて初めて地平線を見ました」

クリスティアンは静かだが決意の滲《にじ》む声で言う。

「いつかあなたに、もっと見せてやろう。この国ばかりではなく、もっともっと広い世界を見せてやろう」

彼の言葉はリリアの胸に迫るものがあった。

「この国は、父が病に臥してから、旧弊で保守的な臣下や神官どもが政権をほしいままにしてきた。彼らは民のことは放《ほ》ったらかしで、自分たちの利益しか頭にない。これまでいかに無駄な予算が彼らに食い潰されてきたか。今のままでは国は衰退していく。私はもっと力をつけ、この国を改革し、新しい風を吹き込みたい」

リリアはちらりとクリスティアンの横顔を見上げた。

遠く見る彼の青い瞳は輝き、未来への希望に満ちている。彼の力強いオーラを感じると、心臓がドキドキし気持ちが高揚して止められない。

「リリア」

クリスティアンはゆっくりとリリアの前に跪いた。そして、ぎゅっと右手を握ってきた。彼の掌は、火のように熱かった。

「選べ。私と結婚して広い世界で生きるか、一生あの檻《おり》のような神殿の中で飼い殺されるか、どちらかを選ぶんだ」

まるで脅迫か命令のような求婚だ。リリアはその迫力に声を失う。しかし、今自分が人生の岐路に立っているのだと、はっきりと感じていた。

クリスティアンの結婚の目的が、リリアの持つ神秘の能力の目覚めだということは理解できた。そうでなければ、こんな女神に成りそびれた忌むべき自分と結婚しようなどと思わないに違いない。

ごくりと生唾を呑み込み、思い切って聞きただす。

「この結婚は——殿下の改革のひとつ、なのですか？」

「え？」

「前例のない神殿の女神との結婚は、新しい風なのですか？　私は殿下の未来図の一部なのですか？」

クリスティアンは少し厳しい顔つきになった。

「もちろんだ。あなたとの結婚は私の未来の一部だ」

やはりクリスティアンは、リリアの女神としての利用価値が欲しいのだ。

でもなぜか不快ではなかった。

これまで、リリアの人生に選択する余地などなかった。白い神の子として生まれ、白い女神になるべく育てられ、最高位神官と白い結婚をして一生神殿に仕える——それが定められた唯一のリリアの運命だったのだ。

「リリア、選べ」

クリスティアンが切迫した声で繰り返す。握っている手に、さらに力が入り痛いほどだ。

リリアはふっと青い空を仰ぎ、地平をぐるりと見回した。

未知の世界が広がっている。

そして、目の前には美麗で威風堂々としたクリスティアンが跪いている。

自分を求めている。求められている。彼こそが、新しい人生への道標だ——そう強く感じた。

心臓がきゅーんと甘く痺れる。

この気持ちをどこかで知っていたような気がする。

そうだ——きっと恋だ。

甘くせつなく胸を焦がすような熱い気持ち。初めてのはずなのに、強い郷愁を感じるのはなぜなのだろう。

クリスティアンに会った瞬間、リリアは恋に落ちていたのだと自覚する。

選ぼう。

リリアは深呼吸し、ひと言ひと言、噛《か》み締《し》めるように答えた。

「結婚、します」

その瞬間、クリスティアンの目がぱぁっと輝いた。直後、リリアの手を握っていた彼の手が細かく震えた。クリスティアンはまっすぐリリアを見つめる。

「今の言葉に間違いはないか？」

「はい……」

「リリア――」

クリスティアンがリリアの右手の甲にそっと唇を押し付けた。その柔らかな感触に、全身の血が沸き立つような興奮を覚えた。

「よく決心してくれた。約束する。あなたを一生守り、あなたの望みはすべて叶える。必ずだ」

こんなにも心に響く言葉をかけられたのは、生まれて初めてだった。

「殿下……」

身体の芯のどこかが、甘く蕩けるような気がした。

クリスティアンはリリアの右手を握り、ゆっくりと立ち上がった。

「では行こう――あの偏屈な神官たちに、私たちの結婚を報告してやろう」

「は、はい」

屋上から螺旋階段を下りる時、クリスティアンが手を引いて先導してくれた。しかし、足元が薄暗いため、うっかり躓《つまず》いてしまった。

「きゃ……」

あわや前のめりになるかと思いきや、ふわりと身体が宙に浮いた。

「危ない」

気がつくと、クリスティアンに軽々と横抱きにされていた。

「軽いな。神の子は羽でも生えているのか？」

クリスティアンが冗談めかして顔を覗き込んできた。

「あ――」

クリスティアンの逞《たくま》しい腕の中にすっぽりおさまってしまい、男性に抱かれた経験がないリリアは、おおいに狼狽えた。

「あ、あ、申し訳ありません。お、下ろしてください」

顔を真っ赤にして身じろぐと、クリスティアンはそのまま平然と階段を下りていく。

「この方が安全だ」

「いえ、そんな恐れ多いです。自分で歩きますから……」

「遠慮するな。もう夫婦になるのだから」

「だって、は、恥ずかしいですっ」

リリアは顔を伏せ、いやいやと首を振った。頭の上で、クリスティアンがふふっと失笑した。

「可愛いな、あなたは。ほんとうに、ずっと――可愛い」

リリアは揶揄《からか》われているのかと思い込み、さらに顔が赤らんだ。

謁見の間に、クリスティアンがリリアを抱いて現れたので、その場にいた者は皆目を丸くした。

クリスティアンはリリアを抱いたまま、ラトゥリの前に立つ。

「求婚したぞ、ラトゥリ準最高位神官」

ラトゥリは、クリスティアンの腕の中で生まれたての子鹿のように震えているリリアを、じろりと睨《にら》みつける。

「して、リリア、返事はなんと？」

ラトゥリの声に脅かすような凄みを感じ、リリアは喉がカラカラになって声が出なくなってしまう。

するとクリスティアンが耳元に顔を寄せてきて、リリアにだけ聞こえる声でささやいた。

「リリア、怖がることはない。私がいる。あなたの気持ちを正直に言うんだ」

「――」

耳朶をくすぐる甘い息遣いと低く滑らかな声に、お腹の底から新しい力が湧き上がってくるような気がした。

リリアは伏せていた顔を上げ、ラトゥリに向かってきっぱりと言った。

「私は、殿下と結婚します」

「なんだと――!?」

ラトゥリは唖然として声を失う。

クリスティアンは胸を張る。

「双方の同意に基づき、私たちは結婚する。問題はないな」

ラトゥリはみるみる青ざめる。

「伝統を壊すなど、王家始まって以来の醜聞でございますぞ。殿下、あまり慢心なさらぬ方がよろしいかと。失礼します――参りましょう、アーポ王子殿下」

吐き捨てるように言って謁見の間を出ていくラトゥリの後を、アーポが慌ててどすどすと足音を立てて追う。

扉を素早く閉めたスルホは恭しく頭を下げた。

「ご結婚成立、おめでとうございます、殿下」

　クリスティアンは満足気にうなずいた。

「スルホ、急ぎ、私とリリアの結婚を公に発表する準備をしろ。あと、城内の聖堂に、誰ぞ結婚の誓約の立ち会いをしてくれる神官を呼んでくれ」

　スルホは我が意を得たりとばかりに答えた。

「それならば殿下、おりよく廊下にハンネス二級神官殿が控えております」

「ならば話は早い、ハンネス神官に頼もう。今日中に、この結婚を法的に正式なものにしてしまおう。それと、衣装部屋に連絡し、急ぎリリアにぴったりな白いドレスを仕上げさせろ」

「承知」

　スルホは小走りで退出した。

　リリアはぽかんとして二人のやりとりを見ていた。あまりの急展開に、おろおろと声をかける。

「あ、あのっ、殿下、私たち、今日中に結婚するのですか？」

「善は急げだ。一刻も早く、この結婚を成立させてしまいたい。あなたの気が変わらぬうちにな」

　クリスティアンが薄く笑う。

「で、でも、そんな、夫婦としての心の準備が……」

「そんなもの、結婚した後でもできる。私は一刻も早く、あなたを私のものにしたいんだ」

　クリスティアンの眼差しは切迫していた。そんな目で見られると、胸のざわめきがおさまらない。

結婚を承諾した今、もはやそれ以上言い返すこともできなかった。

その後、リリアは別室で、王家専用の仕立屋たちに全身のサイズを測られた。ドレスが仕上がるまでは、貴賓室で待機することになった。

王家直属の大勢の侍女たちが、下にも置かぬ扱いをしてくれた。豪華な広い浴室でゆったりと沐浴《もくよく》をさせられ、薔薇の香りのするシャボンで全身をくまなく洗われた。湯上がりには、滑らかなクリームを肌にたっぷりと擦り込まれ、髪は高級な髪油を塗り込めて丁重に梳《くしけず》られる。

締め付けのない下ろしたての絹の部屋着に着替えさせられ、貴賓室のソファに座っていると、お茶と軽食が運ばれてきた。テーブルの上に、食べきれないほどの量の食事が並べられる。

白い結婚に失敗してから、リリアは忌むべき存在として粗末な扱いを受けてきた。神殿の狭く暗い部屋に閉じ込められるような生活を強いられ、食事は巫女たちと同じものを朝晩二回、服も支給された三着を着回し、入浴は巫女たちの使う大浴場で月に一回と決められていた。もちろん嗜好品など口にしたこともない。香り高い紅茶もさまざまな具を挟んだサンドイッチも焼き菓子類も、初めて目にする。あまりに畏れ多くて、お腹は空いていたがとうとう手を出すことができなかった。

そうこうしているうちに、夕刻には衣装部から仕上がったウェディングドレスが届けられた。なんという速さだろう。

化粧室で侍女たちに着付けてもらうと、ぴったりのサイズだった。

上等な絹やレースやモスリンをたっぷりと使い、タフタで美しい光沢とドレープを作り出しているスカートは大輪の花のように広がっている。白い結婚をする際にもウェディングドレスは着たのだが、いたって簡素で地味なものだった。こんな豪華なドレスは、これまで着たことがなかった。衣装負けしているのではないか、と恐縮してしまう。

しかし、化粧台の前で髪を結い上げてもらい、真珠のティアラやイヤリングで飾り付けてもらうと、別人のような花嫁姿が出来上がっていた。

リリアは呆然として鏡の中の自分を見つめていた。ただ、自分が美しいのかどうかはわからなかった。これまで神殿では、純白の容姿は聖なる異形として扱われていた。周囲はリリアを恐れ敬いこそしても、褒めたりすることはなかったのだ。

侍女たちが歓声を上げる。

「なんて神々しいのでしょう」「こんな美しい花嫁さんは見たことがございません」「さすがに神の子と呼ばれたお方だけあります」

口々に誉《ほ》めそやされたが、王子であるクリスティアンの立場を意識したお世辞にしか思えない。

最後の仕上げに、頭に蜘蛛《くも》の巣のように繊細なレースのヴェールを被《かぶ》せてもらう。

程なく、スルホが迎えに現れた。

「リリア様、殿下が城内の聖堂でお待ちです。ご案内します」

リリアはにわかに緊張感が高まって、顔が強張《こわば》ってしまう。スルホに手を引かれ、長く複雑に曲がりくねった廊下をぎくしゃくと歩いていく。

聖堂の前に到着すると、スルホは扉を開けて一歩後ろに下がり、恭しくリリアを中へ送り出した。

「どうぞ。お一人で祭壇までお進みください」

「は、はい……」

色とりどりのステンドグラスで囲まれた広い聖堂の奥に祭壇があり、法衣姿のハンネスと、クリスティアンが立っていた。

クリスティアンは白い軍服風の礼装姿だった。腰には金の房のついたサッシュを巻き、そこに金のサーベルを差していた。背筋をしゃんと伸ばし、こちらに顔を向けている。遠目からでも、圧倒的な気品と威厳を感じる。

リリアはドキドキしながら、祭壇向かって敷かれた赤い絨毯の上を歩いていく。

祭壇に近づくと、クリスティアンが右手を差し出した。

「おいで、リリア」

おずおずと彼の右手に自分の右手を預けると、隣に引き寄せられた。

聖堂には三人以外、誰もいない。厳かな静寂に、さらに緊張して気が遠くなりそうだった。

ハンネスが聖典の一節を読み上げ、結婚の誓約の言葉を述べる。

「健やかなる時も、病める時も、富める時も、貧しい時も、互いを愛し敬い助け、生涯真心を尽くすことを誓いますか？」

「誓います」

クリスティアンは響きのいい凛とした声で答えた。

「ぁ……」

リリアは、答えに戸惑う。昨日までの止まっていたような時間が、今日は激流のように動き始め、まだ頭が混乱している。本当に、一生の結婚の誓いをしていいのだろうか。

すると、クリスティアンが低く滑らかな声でささやく。

「迷うな、リリア。私がいる」

きゅんと心臓が甘くときめく。リリアははっきり聞こえる声で言った。

「誓います」

宣誓の後に結婚指輪を交換すると、ハンネスがハキハキした声で告げた。

「ここに、神の御前で、二人は夫婦になりました——では、誓いの口づけを」

クリスティアンがこちらに向き直る。

彼の両手がそっとヴェールを持ち上げた。

クリスティアンの、少し紅潮した白皙の顔が寄せられる。リリアは彼の息遣いを感じ、心臓が爆発しそうに高鳴り、思わず目を閉じてしまった。

しっとりと唇が重なった。

その刹那――。

リリアの全身に甘い痺れが走った。

初めての口づけのはずなのに、懐かしくて嬉しくて涙が出そうになる。

そして、この唇をずっと待っていたのだとなぜか強く感じた。

ゆっくりと唇が離れると、クリスティアンは真っ直ぐにリリアを見つめながら、口の中で独り言のようにつぶやいた。

「やっと手に入れた。ミナヴァルコカニン」

私の白ウサギ――その言葉にも深い郷愁を感じる。この既視感はなんだろう。

自分の感情が整理ができない。でも、ひとつだけわかっていることはあった――クリスティアンに心惹《ひ》かれている、と。

胸の奥に眠っていた、柔らかで甘酸っぱい愛の種がゆっくりと芽吹くのを感じていた。


婚姻の誓約式を済ませると、クリスティアンは精根尽き果てた様子のリリアを貴賓室の居間で休む

ようにさせ、自分はその足で法務省のある城の東棟に向かった。

クリスティアン専用の執務室に入ると、スルホが出迎えた。

「お疲れ様でした。たった今、お二人の婚姻届は無事受理されました」

クリスティアンは椅子にどっかと腰を下ろし、腰のサーベルを抜いて机の上に投げるように置いた。

そして、小さくため息をついた。

「当然だ。そのように法改正するようずっと動いてきたのだからな」

スルホは、ちらりとクリスティアンの顔色を窺《うかが》う。

「おや。積年の恋をついに実らせたお方とも思えぬ、不機嫌なお顔ですね？」

スルホは、クリスティアンが幼い頃は教育係として仕えていて、気心の知れた仲であった。そのため、王子という身分に遠慮することなく意見する。他の臣下たちが畏れ敬い一歩引いた態度で接してくる中、スルホの態度が小気味よく、クリスティアンは多少の暴言も大目に見ていた。

リリアへの秘めたる想いも、スルホにだけは打ち明けていたのだ。

「リリアを想わない日はなかったのに――彼女は私のことなど、すっかり忘れていたんだ」

クリスティアンは忌々しげに、艶やかな金髪をくしゃくしゃと右手で掻《か》き回《まわ》した。

スルホが宥めるように穏やかに言う。

「リリア様は幼かったのです。仕方のないことでしょう」

「いや、彼女の方はそれほどの想いではなかったのだ。正直、がっかりした」

クリスティアンはやるせなくて仕方なかった。

十年前——泉で出会ったリリアにずっと恋していた。その気持ちは年毎に熱く膨れ上がり、彼女を自分のものにしたいという渇望は抑え難いものだった。

十歳になったリリアが白い結婚に失敗してからは、神殿の奥に閉じ込められるように暮らしていると知って、なんとしても彼女をそこから救い出したかった。だがいかんせん、当時まだ十六歳であり、クリスティアンにはなんの力もなかった。

その頃は、長患いで意識不明の状態が続く父王の代理として、十歳年上の兄のアーポが政務を取り仕切ることになっていた。だが実態は、アーポは享楽的な人物で酒と賭博意外に興味がない人物だった。そのアーポに取り入ったラトゥリ準最高神官が、実質政権を牛耳っていた。ラトゥリは貴族議員たちの中でも保守的で旧弊な派閥を味方に付け、自分たちの私腹を肥やすような国政ばかりを行い、民たちの生活は困窮し国内は荒れていた。

クリスティアンは国の未来を憂い、日々鍛錬に励み勉学を怠らず、努力を重ねた。

彼は政治家としてみるみる頭角を現し、閣議にも参加するようになった。次々に的確で先進的な意見を提示する第二王子に、現状の政治に不満を持つ若手の議員たちの支持が集まるようになった。いつしか、クリスティアンを中心に大きな進歩派の派閥が出来上がり、保守的派閥と対立するようになる。

先年、クリスティアンは議会の過半数の賛成を得て、法務大臣の地位に就いた。

彼は、多くの時代遅れな法制に大ナタを振るい、改正していった。その中には、神殿の結婚法の改正も含まれていた。結婚は当人の自由意志で、双方の同意に基づくとし、神の子も神官以外と結婚できる法制に改めたのだ。この一見、公平な結婚法案にだけ、クリスティアンの私情が挟まれていたのを知っているのは、スルホだけであった。

かくしてクリスティアンは、ついに愛するリリアを神殿から救い出し、我が妻とすることに成功したのだ。

きっとリリアもクリスティアンのことを想ってくれていて、この結婚を歓喜して受け入れるとばかり思い込んでいた。それなのに——まるで、クリスティアンと初めて出会ったようなリリアの他人行儀な態度に、心底がっくりしたのだ。

それでも、彼女への愛情は抑え難く、リリアが初心で無垢なことを利用して恫喝《どうかつ》に近い態度で彼女に結婚を承諾させてしまった。

目的を成し遂げた今、クリスティアンは自己嫌悪と不安に囚《とら》われていた。

「彼女に嫌われていたら、どうしたらいいのだ。リリアなしの人生など、耐えられない」

クリスティアンは吐き捨てるようにつぶやく。

一国の政治を担う有能な王子から、恋に惑う一人の若者に戻ってしまったクリスティアンを、スルホは好ましそうに見遣った。

「殿下、リリア様がもし殿下と初めて出会ったように感じておられるのなら、それこそ、殿下の男としての腕の見せ所ではありませんか？」

クリスティアンは不審そうに顔を上げる。

「なんだって？」

スルホがにっこりした。

「もう一度、リリア様に恋していただけばいいのです。初恋を二度、やり直せばいいのですよ」

「――」

クリスティアンはまじまじとこの有能な補佐官を見た。

「大丈夫、殿下は十年前よりもさらにご立派で魅力的な男性に成長なさっております。リリア様に惚れ直させることなど、造作もないことですとも」

「初恋を二度――」

クリスティアンの胸の中に、激しい情熱が湧き上がる。

リリアと恋をやり直す。それはなんて蠱惑的《こわくてき》なことだろう。

クリスティアンはすっくと立ち上がる。

「わかったスルホ。私はリリアと二度目の恋をすることにした」

スルホが大きくうなずいた。

「今宵《こよい》はご夫婦の初めての夜。ご多幸を祈ります、殿下」

「うん、もう行くぞ」

クリスティアンの心は、初めてリリアと出会った時のように熱く震えていた。

第二章　純白の女神の結婚

（信じて。僕は本気だよ）

（リリア――）

誰かの青い瞳が真っ直ぐに見つめてくる。

そして、唇がそっと塞がれた。

心臓が壊れそうなくらいドキドキいっている。

ああこれは夢なんだ、とリリアは思う。

夢の中で、誰かと口づけしている。その甘やかな感触に、懐かしくてせつなくて、涙が出そうになる。
（リリア）
澄んだアルト声で名前をささやかれた。

「リリア」

響きのいいコントラバスの声が名前を呼んでいる。

「……ぁ」

ぼんやりと目を覚ます。

見慣れない広いベッドの上にいた。寝室らしい部屋の中を灯《あか》りを落として薄暗い。

ここはどこだろうと、一瞬思ってからハッと気が付く。

王城の貴賓室《きひんしつ》のベッドの上だ。記憶が怒涛《どとう》のように蘇《よみがえ》ってくる。

突然王城に呼び出され、第二王子クリスティアンに強引に求婚され、半ば勢いに流されるように受け入れ、結婚の誓約式を終えて——わずか一日で自分の人生が百八十度変わってしまった。

晩餐《ばんさん》の時間まで少し休むように言われてソファに横になったら、いつの間にか疲れ果てて眠りこけてしまったのだ。

侍女たちがやったのか、ベッドに運ばれ真新しい絹のシュミーズに着替えている。そして、隣に誰かが腰を下ろして、髪の毛をそっと撫でていた。

「リリア」

低音の美声が名前を繰り返す。

頭を振り向けると、クリスティアンが顔を覗き込むようにしてこちらを見ていた。薄明かりの中で、白皙の美貌はぞくっとするほど艶《なま》めかしい。彼も絹のゆったりした寝巻き姿だ。

「目が覚めたか？　晩餐の時間に侍女に声をかけさせたが、ぴくりともしないというので、そのまま休ませた。しかし、私が来てもまるで起きる気配がないので、死んでしまったのかと思ったぞ」

クリスティアンが冗談めかして薄く笑う。

リリアは弾《はじ》かれたように飛び起きた。

「も、申し訳ありませんっ。わ、私ったら……」

結婚式を済ませた最初の夜に、ぐうぐう眠りこけるなんて、王子に対してなんという無礼なことを
――焦りに顔から火が出そうだった。

最初の夜と思い至ると、さらに全身がかあっと熱くなった。

白い結婚をするために純粋培養のように神殿で育てられたリリアには、男女の性的なことに関しての知識がまるでなかったのだ。ただ、普通の夫婦は服を脱いでベッドで触れ合う行為をして子どもを成すのだということだけは、うっすらと知っていた。

では、これからクリスティアンとそういう行為をするのか。

未知の行為への恐怖と羞恥に身の内が震えてくる。

クリスティアンの手が頬に触れてきたので、反射的にびくりと身を竦めてしまった。

「リリア、口を開けてごらん」

「?」

よくわからないまま口をああんと開けると、そこになにか小さい丸いものが押し込まれた。丸いも

のは、淡雪のようにあっという間に口の中で溶けた。胃の腑に染みるような甘さだ。そして、お菓子など生まれて初めて食べるはずなのに、なぜかこの味に強い郷愁を感じた。

「甘くて美味しい……」

「マカロンという焼き菓子だ。あなたは昼も手をつけていなかっただろう？　少しお腹に入れるとい い。大丈夫、私が先に味見をしてあるから、味は保証する」

クリスティアンは膝の上に置いた銀皿の上から、マカロンを摘んで再びリリアの口に押し込んだ。

もぐもぐ味わってから、ハッと気が付く。

「ん……あ、殿下、私、一人で食べられますから」

慌ててクリスティアンの手を止めようとすると、彼は柔らかく微笑む。

「いいから。新妻の世話をしたいのだ。させてくれ」

新妻、という甘い響きに脈動が速まる。素直にうなずく。

「はい……」

「いい子だ」

色とりどりのマカロンは、それぞれ違う風味がしてどれもとても美味であった。身体に甘いものが入ると、疲れが吹き飛ぶような気がした。

最後の一つを口に入れると、クリスティアンは長い指先をそっとリリアの口中に押し込んできた。

そして、ぐるりと掻き回す。節高な指がリリアの小さな舌を撫で回す。

「んっ……」

なにか猥りがましい動きを感じ、身を強張らせてしまう。クリスティアンが苦笑する。

「そう身構えなくてもいい」

するりと指が抜け、クリスティアンはその指をぺろりと舐《な》めた。彼の仕草はいちいち色っぽくて、リリアはドキドキが止まらない。

「リリア、聖堂での夫婦の誓いを覚えているか？」

「あ……えと……その……」

実は緊張しすぎて、あまり覚えていない。真っ赤になってしどろもどろになっていると、クリスティアンがくすっと失笑した。そして、滑らかな声でつぶやいた。

「健やかなる時も、病める時も、富める時も、貧しい時も、互いを愛し敬い助け、生涯真心を尽くす
──リリア、私はこの誓いを決して違《たが》えない」

「……殿下」

「だから、あなたも誓いを忘れずにいてくれ」

美麗な顔が寄せられて熱っぽく語りかけられ、リリアは心臓がばくばくしてくる。

「リリア、あなたと身も心も夫婦になりたい」

リリアは息を呑む。

「いいかい？」

クリスティアンの密《ひそ》やかな息遣いが、耳朶を擽る。

リリアは唇をわななかせ、声を振り絞った。

「は、い……」

「いい子だ」

クリスティアンの柔らかな唇が、ちゅっと耳朶に口づけし、そのまま燃えるように熱い頬に移動し、目尻や額を辿《たど》る。その感触に、ぞくぞく背中が震えた。

彼の両手がリリアの細い肩を抱き、あやすように撫でる。身体が強張る。

「緊張しているね。男性に触れられたことなどないのだろう。私が怖いか？」

リリアは声に詰まる。何をされるのかも想像もつかない。痛いのか苦しいのかもわからない。ただ、クリスティアンに触れられると、怯えだけではなく、身体の芯が滲むような蕩けるような感覚が生まれてくる。

「少し、怖いです……でも」

リリアはおずおずとクリスティアンと目を合わせた。彼の青空のような目は、今は海の底のように深い色合いを帯びていた。クリスティアンの心の中に吸い込まれるような錯覚に陥る。

「私は自分で選びました……殿下との結婚を選んだんです、だから……」

それ以上声にならず、深く息を吸って目を閉じてしまう。

「リリア」

クリスティアンの唇が重なってきた。何度か撫でるような口づけが繰り返された後、ふいにぬるりとしたものが唇を這《は》う。

「んんっ？」

舐められた？　と思った次の瞬間、クリスティアンの舌先がリリアの噛み締めた唇の狭間《はざま》に押し込まれる。ノックするように何度も舐められ、思わず口を開いてしまう。

「ふ、ぁ……」

彼の舌が唇の裏側から歯列を辿り、歯茎から口蓋までゆっくりと舐《な》め回《まわ》してくる。こんな口づけがあるなんて知りもしなかった。狼狽えているうちに、口腔《こうこう》の奥に縮こまっていた舌を搦《から》め捕られた。

そして、ちゅっと吸い上げられた。

「ん、んぅ……っ」

瞬間、うなじのあたりに未知の痺れが走り、身体から力が抜けてしまう。

くちゅくちゅと舌の擦れ合う猥りがましい水音が、耳の奥に響き、息を詰めたまま深い口づけを受けていると気が遠くなりかけた。

「んんっ、は、ふぁ……」

クリスティアンの右手が背中に回され、強く引き付けられる。広い胸にぴったりと自分の胸が密着し、彼の少し速く力強い鼓動を感じ、自分の心臓はそれ以上に速くドキドキしてしまう。

クリスティアンは顔の角度を変えては、情熱的な口づけを延々と仕掛けてくる。嚥下《えんか》し損ねた唾液が口角の端から溢れてくると、彼はそれを啜《すす》り上げ、お返しとばかりに自分の唾液をリリアの喉奥へ注ぎ込む。ごくりと喉が鳴った。

舌を強く吸い上げられるたびに、背筋に甘い痺れが走り下腹部の奥がずきずき疼く。

「……んゃ、あ、ふあ……ぁふぁん」

クリスティアンの左手が頬を撫で、耳朶の後ろを優しく擽る。ぞわっと悪寒のような震えが背中に走り、みるみる体温が上がっていく。

気の遠くなるような長い時間、口腔を味わい尽くされた。

やっと唇が解放された時には、リリアは息も絶え絶えでぐったりとクリスティアンの腕の中に身をもたせかけていた。

「リリア——私の妻」

クリスティアンはちゅっちゅっと火照った顔中に口づけの雨を降らし、ゆっくりとリリアの寝巻きの前釦《ボタン》を外していく。はらりと寝巻きの前が開いて、白い胸元が露《あら》わになってしまう。

「あ……」

反射的に両手で胸元を隠そうとした。

「見せてくれ――あなたの全部を」

少し掠れた低音でささやかれると、頭が恍惚《こうこつ》としてしまう。抵抗する気力が失われた。

おずおずと両手を左右に垂らすと、クリスティアンが薄皮を剥《む》くみたいにするりと寝巻きを剥《は》ぎ取《と》った。

一糸纏わぬ姿にされ、リリアは羞恥で頭がくらくらする。浅い呼吸に合わせて、まろやかな乳房が上下に揺れる。

クリスティアンがじっとこちらを見ている。その視線を感じると、なぜか乳首が凝って尖ってくる。

「なんて美しいんだ――滑らかな肌は透き通るように白い。純白も女神そのものだ」

「や……恥ずかしい……」

思わず目を閉じて恥ずかしさに耐えた。

「触れるぞ」

その言葉と共に、大きな掌が乳房を掬《すく》い上げるよう掴《つか》んだ。触れられた瞬間は、びくりと身が竦んだ。が、やわやわと優しく揉《も》みしだかれると、心地よさに僅かに緊張がほぐれる。

「なんて肌だ。掌に吸い付いてくる」

クリスティアンが感嘆の声を漏らす。

ふいに彼の指先が、赤く色づいた先端を掠めた。

「あっ」

ツンとした甘い疼きが走り、思わず声が漏れた。その声に誘われるように、クリスティアンの指が乳嘴《にゅうし》を摘《つま》み上げ、指の間でくりくりと擦る。いじられるたびに、擽ったいような甘い刺激が下肢に走っていく。

「は、ぁ、あ、ぁ、あぁ……」

いじられるたびに、乳首はどんどん鋭敏な塊に成り変わり、淫らな疼きが下腹部に溜《た》まっていく。

やがて、お臍《へそ》の裏側あたりが脈打つようにやるせなくなってくる。

「だめ、あ、も、やめ……て」

リリアは腰をもじつかせながら、クリスティアンの腕から逃れようとした。だが、クリスティアンは素早く左手で腰を抱き止めて動きを阻止した。そして、右手で乳首をいたぶりながら濡れた唇をリリアの細い首筋に埋めてきた。

「もう逃さないよ」

熱い舌がぬるりと首筋を這い下りる。ぞわぞわと肩がおののく。彼の舌が、片口から鎖骨、そして胸の谷間に下りてきた。身体中の肌が昂《たかぶ》ってしまって、どうしようもなく感じてしまう。

「あ、ぁ、あ……」

ちゅっと濡れた口腔が片方の乳首を吸い込んだ。

「ひ、あっ、あっ、ん」

指でいじられた時より数倍強い快美感が背中を走り抜け、びくんと腰が浮いた。

舌先で快楽の塊になった乳首を舐めまわされ、抉《えぐ》られると未知の快感がどんどん強くなっていき、艶《なま》めかしい鼻声が止められない。

舐められているのは乳首なのに、なぜか下腹部の奥がきゅうきゅうせつなく収斂《しゅうれん》し、つーんと甘い悦《よろこ》びが増幅していく。

「や、ぁ、殿下、も、舐めないで……ぁ、あぁ、はぁ……ぁ」

両手でクリスティアンの頭を押しやろうとすると、やにわに凝りきった赤い蕾《つぼみ》をこりっと甘噛みされた。

「ひゃぁんっ」

鋭い痛みに背中が仰け反《のぞ》った。直後、じんじんするどうしようもない甘い疼きに腰から下が蕩けそうになった。恥ずかしいのにあらぬ部分が疼いて止まらず、太腿《ふともも》を擦り合わせてやり過ごそうとしたが、それは逆に自ら快感を生み出す仕草になってしまった。

ふっくらした胸元からわずかに顔を上げたクリスティアンが、ぞくりとするような艶めいた表情で凝視してくる。

「感じているね。いい声が出てきたな」

「も、もう、し、しないで……へんになりそう……」

息も絶え絶えになって訴えるが、クリスティアンは口元に意地悪い笑みを浮かべ、腰に回した手をそろりと下腹部へ伸ばしてきた。太腿をさわさわと撫でられると、媚肉が淫らな期待にざわめく。下《し》穿《た》きを《ば》着けていない秘所へ、長い指が触れてきた。

「あっ、や……め……っ」

処女の怯えから、思わず両足を閉じ合わせて防ごうとしたが、それより早く、節くれた指先が花弁をくちゅりと暴いた。

「んああっっ」

疼いた秘裂に触れられると、強烈な喜悦にリリアの腰が跳ねた。

「濡れているね」

クリスティアンが嬉しげな声を漏らし、綻んだ割れ目をぬるぬるといじってきた。

「ひゃぁん、や、あ、だめ、そんな……」

なぜそこが濡れているのかもわからず、自分でも触れたこともない恥ずかしい箇所をいじられて、羞恥で気が遠くなる。なのに、ぬめった指先が花弁を上下に往復すると、性的な快感がひっきりなしに襲ってきて、両足がだらしなく開いてしまう。

クリスティアンは乳首を交互に吸い上げながら、割れ目を滑らかに撫で摩《す》る。淫らな甘露が溢れてきて、股間がしとどに濡れていくのがわかる。

「は、はぁ、や、あ、も……ぅ」

生まれて初めての性的な刺激のあまりの心地よさに、リリアは翻弄されてしまう。

「可愛い、リリア、無垢なのに感じやすい身体だ。とても可愛い」

天鵞絨《ビロード》で背中を撫でられるようなコントラバスの声にも、甘く感じ入ってしまう。なぜこんなに淫らに乱れてしまうのか。戸惑いながら助けを求めるように、クリスティアンの寝巻きにぎゅっとしがみついた。

やがて彼の指先が、蕩け切った割れ目の少し上あたりに佇《たたず》んでいた小さな突起に触れた。

「あっ？　ああっ」

刹那、雷にでも打たれたような衝撃的な快感が全身を走り抜け、リリアはびくんと身をおののかせた。これまで感じていたむず痒《がゆ》くやるせないような心地よさとはまるで違う。世界が変わってしまうような、凄《すさ》まじい官能の源泉に触れられた気がした。

「ああここか、あなたが一番感じてしまう場所は――」

クリスティアンは嬉しげにつぶやき、見つけたばかりの官能の源泉をぬるぬると撫で回す。あっという間に秘玉がぱんぱんに充血した。

「やだ、あ、だめぇ、そこだめ、あ、や、やぁあぁあっ」

自分の身体にそんな淫らな器官が存在しているなんて、クリスティアンに探り当てられるまで知らなかった。我を失うような愉悦が次々に襲ってきて、リリアは甘く泣き叫んだ。

「いやじゃないだろう？　気持ち悦《い》いんだね、リリア、正直に気持ち悦いと、言ってごらん」

クリスティアンは充血し切った陰核を、優しく撫で回したり軽く押し潰したりと、執拗《しつよう》にいたぶりだす。

「や、やぁ、あ、だめ、ほんとうに、だめ……あ、あぁ、どうしよう、あぁ、どうしてぇ……」

自分が自分でなくなりそうな快楽の恐怖に、やめて欲しいのに、でもやめて欲しくない。隘路《あいろ》の奥から後から後から蜜が溢れてくる。そして、媚肉がきゅんきゅん締まり、せつなくてやるせなくて我慢できない。

「お願い、殿下、おかしくなっちゃう……怖い、怖いの……っ」

リリアは純白の髪を振り乱し、いやいやと首を振る。子宮の奥に溜め込んだ快楽が溢れてきて、決壊しそうになる。自分が自分でなくなりそうな予感に怯える。

「怖くない、おかしくなっていい、リリア。おかしくなれ」

残酷な声色で、クリスティアンは指の動きを速めた。膨れた花芽を指の腹で軽く押さえると、小刻みに揺さぶってきた。

身体中にビリビリした猥りがましい痺れが走った。

「やぁ、あ、だめ、あ、だめぇ、も、あ、もう、だめぇ……っ」

目の前がちかちかして、下肢から熱い快楽の波が迫り上がってくる。

淫らな悦びが全身を犯し、意識が攫《さら》われる。

「や、あ、あ、あ、なにか……くる、だめに……あぁ、あ、あぁぁあっっ」

甲高い声を上げて、遂《つい》に何かの限界に達《たっ》してしまった。

息が詰まり背中が弓なりに仰け反る。

生まれて初めての絶頂に襲われ、意識が飛んだ。

硬直した全身から、どっと汗が噴き出し、直後、ぐったりと力が抜けた。

突然呼吸が戻る。

「は、はぁ、は、はぁ……ぁあ……」

リリアは身体を震わせながら、クリスティアンの胸の中に身を預けた。

まだひくひくと胎内が脈動している。

「私の指で、初めて達したね、リリア」

クリスティアンは片手でぎゅっとリリアを抱きしめ、乱れた髪に顔を埋めてささやく。

そして、蜜口の浅瀬に置かれた指が、くちゅりと奥へ侵入してきた。

「ひ、あ、指……やぁ……」

隘路は異物の侵入を拒むように、きゅっと彼の指を締め付けた。

「これは狭い。もう少しだけ広げてあげよう」

クリスティアンは宥めるようにリリアの背中を撫でながら、そのままゆっくりと仰向《あおむ》けにシーツの上に押し倒した。そして、じりじりと指を奥へ押し入れる。

「あ、あ、挿入って……あ、あぁ」

狭い膣《ちつ》内を、節高《ふしだか》な指がくにくにと掻き回す。異物が胎内で動き回る感覚に、身が竦んだ。

「痛いか？」

「ん、いえ、痛くは……」

「これはどう？」

指が二本に増やされる。すっかり濡れ果てている蜜壺は、案外あっさりと指を受け入れた。

「だ、大丈夫、です……」

「そうか、力を抜いて」

クリスティアンは、親指で陰核を撫でながら、二本の指で隘路を押し広げるように探る。

「は、ぁ、ああ、あ……」

鋭敏な秘玉を再びいじられると、再び強い快感が生まれてきて、少しだけ違和感が薄れた。

胎内への侵入が滑らかになると、クリスティアンはゆっくりと抜き差しを始める。

「ん、んぁ、んんん……」

内壁をくちゅくちゅと擦られると、濃密な心地よさが生まれてきて悩ましい鼻声が止められない。

甘苦しいような濃密な快感がじわじわと子宮の奥から迫り上がってくる。

「あ、あ、そんなにしちゃ、あ、やぁ……」

指の出入りに隘路が馴染《なじ》んでくると、呼吸をするたびに媚肉がきゅうきゅうと指を奥へ引き込もうとする。

「リリア、気持ち悦いんだね。あなたの中が柔らかくなって私の指を締め付けて離さないよ、もっと欲しいんだね？」

「ん、んぁ、あ、や、そんなの……わからない……」

恥じらって口ではそう答えたが、媚肉はさらに強い刺激を欲していた。

クリスティアンがぷちゅりと指を引き抜いた。その喪失感にすら、ぞくぞく甘く感じ入ってしまう。

「あ、ん、やあ……」

「リリア――」

クリスティアンは身を起こし、リリアの裸体を見下ろした。リリアの純白の肌は、高揚してうっすらと桜色に染まっている。汗ばんだ肌はしっとりと濡れ光り、無意識に男の劣情を煽《あお》っている。

「リリア、可愛い、私の白ウサギ《ミナヴァルコカニン》」

クリスティアンが自分の寝巻きを剥ぎ取り床に投げ捨てた。薄明かりの中に、彫像のように美しい筋肉質に身体が浮かび上がる。彼がゆっくりとリリアに覆《おお》い被《かぶ》さってくる。リリアはぼんやりした眼差しで、近づいてくるクリスティアンを見上げた。

「リリア——手を」

クリスティアンがリリアの右手を取って、自分の股間に導いた。硬い屹立《きつりつ》に手が触れ、びくりとおののく。しかし、クリスティアンは強引に男根を握らせた。

リリアの小さな手では握りきれないほど太く逞しい男性器は、熱くてびくびくと脈動している。

「……っ、お、大きい……っ」

生まれて初めて触れる興奮状態の秘所の凄まじさに、リリアは思わず手を引っ込めてしまう
「大きいか？　だが、これをあなたの中に受け入れてもらう」

クリスティアンの長い足がリリアの両足の間に差し込まれ、ゆっくりと足を開かせる。

そして、リリアの熱《ほて》った額や頬に口づけを落としながら、腰を沈めてきた。

「あっ」

濡れそぼって綻び切った花弁に、ぬくりと灼熱《しやくねつ》の肉塊が押しつけられた。そのままぐぐっと狭い入

り口を押し開いてこようとする。あんな巨大なものが、自分の中に入るなんて思えない。恐怖が襲ってきて、逃げ腰になる。

「あ、つぅ、や、無理、無理、です」

ふるふると首を振って拒もうとする。

「大丈夫、挿入《はい》る。リリア、もうこれ以上待てない」

クリスティアンが何かに耐えるようなくるおしげな声を出す。そのせつない声を聞くと、それ以上拒めない。だって、自分はあんなにも気持ちよくしてもらったのだもの。

目を瞑り、クリスティアンの肩にぎゅっとしがみついた。そうすることで、彼を受け入れる気持ちを伝えた。

「リリア——リリア」

蜜口に熱い先端が挿入ってくる。きりきりと内側から押し広げられるような圧迫感に、息を詰めた。指とは比べ物にならない圧倒的な質量感だ。

「あっ、痛……あ、あ、あ」

張り出した雁首《がんくび》が狭隘《きょうあい》な入り口を潜《くぐ》り抜《ぬ》けると、引《ひ》き攣《つ》るような痛みに顔を顰《しか》める。だが、クリスティアンの動きは止まらなかった。熱い塊がさらにじりじりと隘路に押し入ってくる。

「う、あ、あ、あ」

内壁が目いっぱい広げられる感覚に身を強張らせ、目を見開いてしまう。すると目の前に、見たこともないようなせつない表情したクリスティアンの顔があった。彼は短く息を吐いた。

「く、きついな、リリア。押し出されそうだ。もう少しだけ、力を抜け」

「ぇ、あ……ぁ、どう、したら……」

自分の身体なのに、どこをどうしたらいいのか見当もつかない。すると、クリスティアンがやにわに唇を塞がれる。

「んっ、んんぅっ」

痛いほど舌を吸い上げられ、一瞬意識が情熱的な口づけに奪われる。その直後、クリスティアンが一気に貫いてきた。

「ん――っ」

内壁が焼け付くような痛みが走る。痛い。苦しい。熱い。

しかし、悲鳴はクリスティアンの唇で奪われてしまった。

目尻から涙がぽろぽろと零《こぼ》れた。

唇が解放され、クリスティアンが深いため息をついた。

「全部挿入《はい》ったよ――これであなたは、ほんとうに私のものだ」

あんなに無理だと思ったのに、太茎は根元まで呑み込んでいる。奥の奥まで熱量が届いている。

「あ、あぁ、あ……」

リリアは身動きも出来ず、浅い呼吸を繰り返す。

クリスティアンはリリアの胎内の感触を味わうように、しばらくぴったり重なったままじっとしていた。

「ああ熱い——きつくてよく濡れていて——あなたの中は、なんて気持ちいいんだ」

クリスティアンが酩酊《めいてい》したような甘い声を出す。

「で、殿下……」

クリスティアンが心地よく感じていると思うと、全身の血が沸き立つような気がした。濡れ襞《ひだ》が甘く甘く痺れてきて、痛みは薄れていく。その代わりに、内壁が燃え立つように熱を持ち、もどかしさとむず痒さが生まれてきた。熟れた膣襞を擦って欲しいという淫らな欲求を感じた。

「リリア——っ」

クリスティアンの先端が、さらに奥を抉《こ》じ開《あ》けるみたいにぐぐっと突き上げてきた。

「ひゃうっ」

内臓まで突き上げられそうな錯覚を覚え、変な声が出た。クリスティアンがずんずんと、子宮口の入り口まで突くと、激しい衝撃に目の前に火花が散る。

「ああすごいな、食いちぎられそうだ」

「や、殿下、いや、そんなにしちゃ……っ」

「もっと動くぞ、私の背中に手を回せ」

クリスティアンがリリアの右手を掴んで自分の肩甲骨のあたりに置く。言われるまま左手も背中に添え、ぎゅっとしがみついた。

クリスティアンが腰を引くと、亀頭の括《くび》れぎりぎりまで引き抜き、再び深く挿入してきた。ゆっくりしたリズムでその動きを繰り返す。

「あ、あぁ、あ、ぁあ……」

媚肉が太竿《ざお》で擦られる感触にぞわぞわ腰がおののく。抜かれると喪失感で全身が総毛立ち、深く押し入れられると満たされた隘路が悦びにきゅうっと締まった。

クリスティアンはリリアの腰を抱き寄せ、さらに密着して腰を穿《うが》ってくる。疼き上がっていた媚壁は今や燃え立つように熱くなり、官能の悦びを拾い上げる。心地よさがどんどん増幅して、膣襞がきゅうきゅう収斂し、クリスティアンの剛直に絡みついてしまう。

「はぁ、あ、あぁ、あ、はぁぁ」

最奥を突き上げられるたびに、淫らな鼻声が漏れてしまう。初めは恥ずかしくて、必死で声を上げまいと唇を噛み締めていたが、逃げ場を失った快感が胎内にどんどん溜まってきて、おかしくなりそうだった。

目も眩むような愉悦の連続に、羞恥心も吹き飛んでしまう。

「や、あ、はぁ、あ、ぁあ、やぁあん」

いつしかクリスティアンの背中に爪を立てて抱きつき、甲高い嬌声《きようせい》を上げ続けていた。

「いい声出てきたな、リリア、感じているんだね？」

クリスティアンが掠れた甘いコントラバスの声で耳元にささやく。

「んぁ、あ、わ、わから、ない、けど……中、熱くて、ああおかしくなりそう……っ」

「素敵だ、リリア、あなたのそんな顔を見ると、私までおかしくなりそうだ」

クリスティアンの腰の動きが次第に加速してきた。

彼はリリアの細腰をがっちりと抱えると、ずちゅぬちゅと猥りがましい水音を立てて、リリアの胎内を行き来した。

「やあっ、あ、だめぇ、あ、そんなに激しく……っ」

腰が蕩けてしまう。はっきりと快感だと認識した。

気持ちいい。擦られて揺さぶられて、どうしようもなく気持ちよくなってしまう。

「あ、あぁ、殿下、あ、殿下、殿下ぁ…っ」

「リリア、名前を呼んでくれ、私を呼んでくれ」

「……ぁ、あ、ク、クリスティアン、様……っ」

感極まって彼の名を叫ぶと、うごめく濡れ襞に包まれた肉胴がどくんと脈打ち、さらに膨れ上がる。

「ああそうだ、リリア、もっと呼べ、もっとだ」

「クリスティアン様、クリスティアン様ぁ、クリスティアン様っ……」

太い怒張に引き抜かれ、貫かれ、奥を突かれるたびに頭の中にまっ白い火花が散った。

「は、あぁ、クリスティアン様ぁ、も、もう、おかしく、あぁ、もう、だめに……っ」

叫びすぎて、声がしわがれてしまう。

「まだだ、まだ終わらせない、もっとだ、リリア」

腰骨の辺りを掴んでいた右手が外れ、結合部に潜り込んできた。濡れてぺったり肌に張り付いた恥毛を、クリスティアンの指がまさぐる。

リリアは彼がどこに触れようとしているのか悟り、びくりと腰を浮かせた。

「や、そこ、や、触っちゃ……やぁっ」

中の挿入だけでこんなにも乱されてしまったのに、鋭敏な秘玉をいじられたらどうなってしまうのかと、恐怖すら感じたのだ。

「だめ、だめです、触らないで……」

だがクリスティアンは意地悪い笑みを浮かべると、彼の欲望を頰張《ほおば》っているリリアの割れ目にゆっくり辿り、陰核に触れてきた。

ぬるっと花芽を撫でられると、下肢全体が消滅してしまったかのような凄まじい愉悦が走った。

「やあああぁっ」

リリアの腰がびくんびくんと大きく痙攣《けいれん》する。

激しい尿意を我慢する時みたいなつーんとした痺れが最奥に生まれ、媚肉はあさましく男の欲望を締め付けているのに、四肢からは力が抜けてしまう。

クリスティアンは秘玉を撫で回しながら、がつがつと腰を穿ってきた。

「だめぇ、あ、だめ、あ、あ、あ、そんなにしちゃ、いやぁあ」

目も眩むような強い快感の連続に、リリアは我を失う。

悦すぎて辛くて、涙が溢れてくる。

「また締まる——可愛いな、そんな顔で泣かれると、もっと泣かしたくなる」

クリスティアンが息を乱しながら、嬉しげに笑う。

額に玉のような汗を浮かべた顔を寄せてきて、リリアの頬に伝う涙を唇で受けた。それから半開きのままの口の端から溢れた唾液も啜《すす》り上げる。

「この涙も、なにもかも、私のものだ。私だけのリリア」

「……あぁ、は、あぁ、はぁ、あぁぁ」

めいっぱい目を見開いているが、もうリリアには何も見えない。官能の白い霧に視界が遮られ、羞恥も苦痛もなく、ただ気持ちいいことを気持ちいいとだけ感じていた。

敏感な突起を指で弾かれ、最奥を太い先端で何度も抉じ開けられ、深すぎる悦楽に全身がばらばらになりそうな錯覚に陥る。

嬌声を上げすぎて喉が枯れ果て、もはやひゅうひゅうと浅い呼吸を繰り返すだけになってしまう。

「ひ、ひぁ、は、やぁ、も、し、死んじゃう……クリスティアン様、死ぬ……どこかに、飛んじゃう……飛んじゃう……っ」

「安心しろ、しっかり抱いていてやる。気持ちいいのだろう?」

クリスティアンが深く挿入したまま、小刻みに奥を揺さぶった。間断なく喜悦が襲ってきて、脳芯がクリームみたいにとろとろ蕩けていく。

「そら、気持ちいいだろう?」

もう、何もわからない。クリスティアンの与える快楽に酔いしれるだけだ。

「ひ、あ、き、もち、いい……」

「そうか、私もとても気持ちいい。リリア、最高だ」

リリアは虚な涙目でクリスティアンを見上げる。

身も心も変わっていく。

変わってしまう。

無垢で無知で純白だったリリアのすべてが、クリスティアンの色に染まっていく。

「く――そろそろ、私ももたない、リリア、一緒に――」

クリスティアンが息を凝らし、あとは言葉もなくリリアを抱えて一心不乱に腰を動かしてきた。彼に突き上げられるたびに、子宮の奥から愉悦の熱い波が押し寄せ、それが全身に広がっていく。

「あ、あぁ、あ、や、壊れ……あ、ぁ、も、あ、もう、だめ、あ、だめぇっ」

脳芯が白く焼き切れ、内壁がびくんびくんと痙攣した。そして心臓も呼吸も止まってしまうような感覚と共に、全身がぴーんと硬直する。

「くぅっ――」

直後、クリスティアンが低く獣のように呻《うめ》き、ずんずんと大きく腰を打ちつけ、ふいに動きを止めた。

びくびくと彼の剛直が胎内で震える。

そして勢いよく、熱い飛沫《しぶき》がうねり熟れ襞の中へ吐き出された。

「……ぁ、あ、ぁ……」

胎内にじんわりとクリスティアンの白濁の精が広がっていくような気がした。

「はあっ、はあ――」

クリスティアンが息を荒がせながら、ゆっくりとリリアの上に倒れ込んできた。

汗にまみれた熱い男の肉体の重みが心地よい。

二人はぴったりと密着して、快感の余韻を味わう。名残惜しげにひくつく媚肉の中には、まだクリスティアンの萎えた欲望がおさまったままだ。合わさった胸から互いの少し早い鼓動を感じ、生きている実感を味わう。

クリスティアンがおもむろに顔を上げ、リリアの純白の髪を優しく梳《す》きながら掠れた声でささやく。

「とても悦《よ》かった。私のリリア、もう離さない」

その言葉にリリアの胸は震えた。たった一日で、閉ざされていた自分の未来が大きく変わった。まったく先の見えない未知の人生が始まった。

ちょっぴり怖いけれど、クリスティアンが一緒ならきっと大丈夫だと思えた。

そっとクリスティアンの背中に両手を回し、撫で摩る。クリスティアンがふっと嬉しげに笑う。

そうしているうちに強い眠気が襲ってきて、いつの間にか意識が遠のいていった。

日の出の頃に、はっと目が覚めた。

毎朝の祈りの時間だ。

「――いけない」

慌てて起きあがろうとして、腰やあらぬところに鈍痛を感じ顔を顰める。見知らぬベッドの上にいる、と思った次の瞬間、やっと頭がはっきりする。

「そうだ……私は結婚したんだわ」

天蓋を幕下ろしたベッドの中は薄暗く、見回すとクリスティアンの姿はなかった。おそるおそるベッドを下り、天蓋幕の外に出る。窓にはカーテンが降りていたが、うっすら日差しが差し込んでいる。

椅子の背に脱がされた寝巻きが掛けられてあったので、それを羽織った。きょろきょろしていると、内庭に面した両開きの扉の外から、クリスティアンの声が聞こえてきた。

「そら、皆集まってこい」

リリアは足音を忍ばせ、そっと扉を押し開いた。広いベランダに出た。

ベランダの隅にガウンを纏ったクリスティアンがしゃがみ込んでいる。彼の周囲に無数の白ウサギが群れていた。純白のウサギたちに囲まれて、まるでそこだけ雪が降ったようだ。

クリスティアンは手にしたボウルから野菜の切れ端を掴んでは、白ウサギたちに分け与えていた。男らしいクリスティアンと可憐《かれん》な白ウサギの取り合わせがなんだか微笑ましく、しばらく声をかけるのを躊躇《ためら》っていた。

「あの……お早うございます」

遠慮がちに声をかけると、いっせいに白ウサギたちの長い耳がぴんと立った。真っ赤な目がまん丸になった。肩越しにクリスティアンが振り返った。

「お早う。もう起きたのか？　まだ休んでいていいのだぞ」

寝癖のついたままの髪と少し眠たげな眼差しが、少年ぽくて胸がきゅんと甘くときめく。

「クリスティアン様こそ、お早いのですね。その……ウサギたちはクリスティアン様のペットですか？」

「そうだ。私は子どもの頃から白ウサギが大好きでね。この庭には百羽近い白ウサギが放し飼いになっているんだ。餌をやってみるか？」

クリスティアンがゆっくりと立ち上がった。

リリアは一歩後ろへ下り首を横に振る。

「いえ……あの、神殿では決して生き物に触れてはいけないと教わって……」

神の子として育てられたリリアは、病気が伝染《うつ》る危険があると動植物に触れることを禁じられていたのだ。もちろん、ペットを飼うなどもってのほかであった。

「大丈夫だ。ここに飼われているウサギたちは清潔でおとなしく、齧《かじ》ったり引《ひ》っ掻《か》いたりしない。さあ、おいで」

クリスティアンに手招きされ、リリアは一歩ずつ近づいていく。

野菜の切れ端の入ったボウルを手渡され、棒立ちになった。

白ウサギたちがわっとリリアの周囲に集まってくる。彼らはふんふんとリリアの足元の匂いを嗅いだり、寝巻きの裾に触れたりしてくる。

「きゃ……」

擽ったい感触に怯えていると、クリスティアンが助言する。

「餌が欲しいのだ。野菜を掌に載せて上げてごらん」

「は、はい……」

おそるおそるしゃがみ、右手に野菜を掴んで差し出す。白ウサギたちが我先にと野菜に食いつく。手の上の野菜はあっという間に無くなり、慌ててボウルに手を突っ込んで新たに差し出す。白ウサギたちは、野菜だけを上手に咥《くわ》えて咀嚼《そしゃく》する。そのもぐもぐと動く口元がとても愛らしくて、リリアは思わず笑みが溢れた。

「わあ、なんて可愛らしいのかしら」

クリスティアンが背後から身を屈め、リリアに耳打ちする。

「撫でてごらん。噛んだりしないよ」

「はい」

そっと側の白ウサギの背中に触れてみる。ふわふわして温かい。背中を撫でると、白ウサギの長い耳はぴょこぴょこ動く。

「もふもふだわ」

一羽撫でていると、白ウサギたちが我も我もとリリアに押し寄せた。

「きゃ、押さないで。順番よ」

リリアは笑いながら次々に白ウサギたちを撫でてやる。もう少しも怖くはない。

その様子を、クリスティアンは好ましそうに眺めている。

「ふふ、そうしていると、あなたは白ウサギの女王のようだな」

そう言われて、リリアは自分の純白の肌と髪と赤い瞳を改めて意識する。神殿では、特異な容姿だと畏れ敬われ、他の人とは違う自分に寂しい気持ちになったこともある。でも、こうして同じ色合いの白ウサギたちに囲まれていると、そういう孤立感も感じなくなる。

「あの……お庭でこの子たちと遊んでもいいですか？　時々でいいんです」

クリスティアンを見上げて頼むと、彼は即座にうなずいた。

「時々などと言わず、毎日遊べばいい」

「嬉しい！」

自然とニコニコ顔になる。クリスティアンは眩しそうに目を細めた。

と、ベランダ隅で縮こまっている一羽の白ウサギが目に留《と》まった。

「おいでおいで」

声をかけると、その白ウサギがこちらへ顔を振り向ける。両目が閉じたままだ。

「まあどうしたの？」

立ち上がって近寄り、両手を差し伸べてそっと抱き上げた。白ウサギはおとなしく抱かれている。

クリスティアンが側に来てその白ウサギを覗き込んだ。

「そいつは生来の眼病で目が閉じているんだ。他のウサギに餌を取られてしまうので、飼育係に別個に餌をやるように命じているのだが。少し痩せているな」

「可哀想に……」

リリアはふと、白い神の子は結婚して白い女神になると、特別な治癒能力に目覚めるという謂われを思い出す。もしかして、結婚した自分にもそういった能力が芽生えていないだろうか。

「治してあげられないかしら」

そっと白ウサギの目の上に右手を当てて、心の中で念じてみる。

（癒やせ、癒やせ）

しばらく思念を送ってみたが、白ウサギにはなんの変化もなかった。少しがっかりしてしまう。

クリスティアンに苦笑してみせる。

「結婚したので、もしかしたら、特別な能力に目覚めたかしらと思ったけれど、ダメでした」

「あなたには特別な力など不要だ。そのままのあなたでいいんだ」

クリスティアンが少し強い口調で言った。

「え……？」

リリアは首を傾けてしまう。クリスティアンはリリアの治癒能力の覚醒が目的で結婚したのではないのか？　不審な顔で見ると、クリスティアンは話題を変えるように言った。

「気に入ったのなら、あなたが飼ってやればいい。その方がずっとこいつには嬉しいことだろう」

「えっ、いいんですか？」

「もちろんだ」

「ああ嬉しい！」

リリアは思わずクリスティアンに抱きついた。

「ほんとうは、ずっと自分のペットを飼うのが夢でした。ありがとう、クリスティアン様」

クリスティアンは子どもをあやすようにリリアの背中を撫でる。

「わかったわかった、ほら、ウサギがつぶれてしまうぞ。そろそろ支度をして、朝食を一緒にとろう」

「はい」

リリアは満面の笑みになり、腕の中の白ウサギを優しく撫でる。

「この子に名前をつけましょう。そうね、コヤンカ《おちびさん》がいいわ」

童女のようにはしゃぐリリアに、クリスティアンの顔もつられたように綻んだ。

お付きの侍女たちの手を借りて、沐浴と着替えを済ます。

神殿から身一つで王城に来たリリアが身につけていた衣服は、すでに綺麗に洗濯され乾かされてあった。侍女たちは貴賓室のクローゼットに備え付けのドレスに着替えるように勧めたが、リリアは遠慮してその一張羅に着替えた。神殿では、着飾ったり髪を結った化粧したりと身を飾るとは、男を誘惑するはしたない行為と厳禁されていた。唯一、白い結婚をする際のウエディングドレスだけは、婚姻の行事のための装いとして許されていたのだ。

コヤンカを抱いて王家専用の食堂に行くと、先に席に着いていたクリスティアンがさっと立ち上がった。彼はリリアの服装を見て、少し驚いたような顔になった。

「その服に着替えたのか？」

「はい、今はこれしかないので。あとで神殿に遣いを出して、着替えのドレスを届けるようにしていいですか？　同じものがあと二着あるので、充分着回しできますから」

「いやいや——貴賓室のクローゼットに色々ドレスがあったろう？」

「でもあれは私のものではないので、遠慮させていただきました」

「そんな生活をしてきたのか——」

クリスティアンはなぜか物悲しい顔になる。だがすぐに表情を戻し、リリアのために、自分の席の隣の椅子を引いてくれた。

「とにかく食事にしよう。まずたっぷり食べて元気をつけてからだ」

「はい」

昨夜からマカロンしか口にしていないので、さすがにお腹がぺこぺこだった。コヤンカはリリアの膝の上におとなしくちょこんと座っている。食卓にペットを同席させたりして、クリスティアンに文句を言われないかと懸念していたが、そんなそぶりはまったくなかった。

クリスティアンが壁際に並んでいた給仕たちに手を上げて合図する。

清潔なリネンのクロスを敷いたテーブルの上に、次々と料理が運ばれてくる。

リリアは目を丸くしてテーブルを見ていた。

卵料理だけでも、オムレツ、目玉焼き、ポーチドエッグ、スクランブルエッグまで揃っている。色とりどりの茹《ゆ》でた野菜、スープはコンソメとポタージュの二種。パンの種類など白パンからライ麦パンやロールパンや堅焼きのパンまで、何種類もある。生果実のジュース。搾りたてのミルク。カリカリに焼いたベーコン、茹でたソーセージ、燻製《くんせい》ハムと生ハム。チーズにバター。なんのお祝いの席だろうと思うほどのご馳走《ちそう》が並んでいる。

クリスティアンは自分の皿に料理を取り分けようとして、手を出そうとしないリリアをじっと見た。

「どうした？　食べたいものがなければ、料理長に言って作らせるぞ。苦手な料理があるか？」

リリアは首を振る。

「いいえ、好き嫌いはありません――見たこともないお料理ばかりで、びっくりしているの。だって……神殿の朝食は、硬い黒パンと野菜のスープが普通で、たまに茹《ゆ》で卵《たまご》がつくのがご馳走だったから……」

再びクリスティアンが憂い顔になった。

「――そんな貧しいものを食べていたのか。では私が適当に取り分けてやろう」

クリスティアンはリリアの皿の上にあれこれ取り分け、こんもりと料理を盛った。

「こ、こんなに食べられませんっ」

「食べろ。あなたは色白だとはいえ、少し顔色が悪い。もう少しふっくらしたほうがいい」

「はい……」

遠慮しすぎるのも感じが悪いし、なによりいい匂いが鼻腔を擽りさっきからお腹がぐうぐうなっているのだ。

フォークを手にしようとすると、クリスティアンが右手でそれを制した。

「待て。先に私が毒味する」

「え？」

「あなたに取り分けたものと同じ料理を、私も取ったから」

彼は素早く自分の皿の上の料理を、ひと口ずつ口にした。それからうなずく。

「よし、大丈夫だ。お食べ」

「は、はい」

毒味ってなんだろうと思いつつ、スクランブルエッグを掬って口に入れた。とたんにほっぺたがきゅうっと痛くなる。

「う——……」

急にリリアが顔を顰めて変な声を出したので、クリスティアンは顔色を変えて立ち上がった。

「ど、どうしたっ？　なにか毒が？」

リリアはぱあっと満面の笑みになった。

「美味しいぃっ」

両手でほっぺたを押さえた。

「ほっぺが落ちそうなくらい美味しいって、生まれた初めて経験しましたっ」

「は——」

クリスティアンはどさっと椅子に腰を下ろした。そして肩を震わせた。

「くくっ——もう、あなたときたら——」

リリアはきょとんとしながらも、手を止めることができなくなり、料理にぱくついた。

「これもすごく美味しい。これも美味しい——ああ幸せですっ」

クリスティアンは自分も食事を始めながら、目を細めてこちらを見ている。

「美味しいも、初めてなんだな。私もそのように美味しそうに食事をする女性は、初めて見た」

リリアはハッとして頬を染めた。貴婦人は人前ではものをがつがつ食べたりしないのが作法だと、どこかで聞き及んでいた。もう自分は王家の人間になったのだという自覚が、足りなかったかもしれない。慌ててフォークをテーブルに置く。

「ご、ごめんなさい、はしたなかったですか……？　あんまり美味しくて、つい……」

クリスティアンが首を横に振る。

「何を言っている。あなたが幸せそうにしていると、こちらまで幸せになる」

彼は自分の皿の上の料理をフォークに掬うと、リリアの口元に差し出した。

「ほら、お食べ」

「あむ」

思わず口に入れてしまう。決まり悪げに口を動かしていると、クリスティアンがぷっと吹き出す。

「ふふっ、そうやってもぐもぐしていると、ほんとうに白ウサギみたいだな」

彼は野菜のスティックを手にすると、リリアの膝の上のコヤンカに差し出した。コヤンカがもくもくと野菜スティックに齧《かじ》り付《つ》く。

「そら、そっくりだ」

クリスティアンが嬉しげに白い歯を見せる。

リリアはその笑顔に、息が止まり心臓がきゅうっと締め付けられるような気がした。

クリスティアンが嬉しそうだとこちらまで嬉しくなる。あの笑顔が見られるのなら、このテーブルにある料理を全部平らげてもいいと思った。

そして、そう思うことになぜか心が少し苦しくなる。こんな複雑な感情を抱くのも、生まれて初めてのことだと思った。

食事が終わる頃に、スルホが現れた。彼は恭しく述べる。

「おはようございます。殿下、王子妃殿下。本日のご予定ですが——まずは婚姻が成立した旨を、公に発表することが先決かと。公布の準備は整っております」

今さっきまで蕩けるような笑みを浮かべていたクリスティアンが、即座にキリリと表情を引き締めた。

「その通りだ。昼過ぎには、主だった臣下たちを大広間に集めよ。そこで私がリリアと正式に結婚したことを発表し、同時に民たちにも公布しよう」

「はっ」

「ああその前に、この後、城内の衣装部屋へリリアを連れて行く。私の貸し切りだ。その旨を先方に伝えておけ」

「御意——早速」

スルホが素早く退出した。

「あの……どこかに出かけるのですか？」

リリアはスルホに「王子妃殿下」と呼ばれたことに、ドキマギしてしまい、ろくにその後の会話を聞いていなかったのだ。

クリスティアンがうなずく。

「午後の会見には、あなたも同席させる。そのために、あなたのドレスを手に入れよう。この城には、王家のための職人がたくさん働いている。これから行くのは、城内にある王家専用の仕立屋だ。自分のドレスなら着てくれるのだろう？」

「ドレス……ですか？」

クリスティアンがリリアを舐め回すように見た。

「その飾り気ない姿は私には大変好ましいが、他の頭の固い者たちには、王子妃としてはあまり印象が良くないだろう。奴《やつ》らからくだらない揚げ足を取られるのはなるだけ避けたい。わかってくれるか？」

意思のこもった青い目で見つめられると、否と言えない。

「それと――公に結婚披露宴を開きたいが、私は第二王子だ。父上は臥せっておられるし、兄上への配慮もある。少し待ってくれるか？」

「は、はい……」

反射的に返事をしてしまってから、慌てて付け加えた。

「あの、私になどにそんなにお金をかけられては心苦しいです。ドレスも遠慮します。だって、殿下は無駄な予算を使うことは国のためにならないって、おっしゃってました」

「ほお。私の話をよく聞いて理解してくれているのだな」

クリスティアンは見直したような顔でリリアを見た。

「案ずるな。あなたに費やす予算は、少しも無駄ではない。王子妃が美しくあることは、夫である私の評価を上げることになるんだ。それに、私に充てられた経費をあなたに全部回すことにしているから、何の心配もない。私は――」

そこで彼はいったん言葉を止め、意味ありげにリリアを見遣った。

「欲しいものは、もう全部手に入れたからな」

リリアはその言葉を、王子として富も権力もすべて手にしているという意味に取った。

「そういうことなら――」

リリアが承諾する。

「よし、ミナヴァルコカニン」

クリスティアンはにっこり笑って、リリアの頭をぽんぽんと軽く叩《たた》いた。最初は「私の白ウサギ」と呼ぶのは、真っ白な容姿を揶揄われているのかと思っていた。だが、クリスティアンが白ウサギが好きだとわかったので、それで好ましく思ってくれているのだと解釈した。気恥ずかしいけれど嬉しい気持ちが勝ってきた。

なぜか膝の上のコヤンカまで、喜ばしげに鼻をふがふがと鳴らした。


その後、城内の様々な職人たちが立ち働く広い棟に連れて行かれた。

「ここには、王家のために、家具を作る者たち、装飾品を作る者たち、食器を作る者たち、寝具調度品を作る者たち、絵画や彫像を創る者たちまで、多くの専門職が働いてるんだ。城内で仕事にしている兵士や侍従たちの衣服や生活道具も、ここで作られている」

「すごい――小さな町みたいですね」

リリアはクリスティアンに手を引かれ、お店のように並んでいるそれぞれの仕事場を案内された。

熱心に働いている職人たちに、王室のために働いているという誇りが感じられた。

やがて、表に『衣装部屋』と表札の出ている大きな扉の前に辿り着く。

「ここには、一流のテーラーが揃っているぞ」

先導の侍従が扉の前で大声で呼ばわる。

「王子殿下のおいでです」

扉が開かれた。クリスティアンに手を取られて、仕事場の中に足を踏み入れた。

仕事場というが、広々として明るく清潔だ。マネキンに色とりどりの豪華な衣装が着せられ、ずらりと並んでいた。棚には帽子や靴、手袋や小物品まで無数に置かれてある。こんなに着るものの種類があるのかと、目が回りそうになる。

テーラー全員が並んで出迎える。責任者らしい厳しい顔つきの口髭《くちひげ》の男が、恭しく進み出た。

「クリスティアン殿下、ようこそむさ苦しい場所へおいでくださいました。今日はどのようなご用向きでしょうか?」

「うん。まだ内密だが、私は先だって結婚した。こちらが妻のリリアだ」

クリスティアンが紹介したので、リリアは慌てて、

「リリアです」

と、ぺこりと頭を下げてしまった。責任者が驚いたように後ろに一歩下がった。

「王子妃殿下、恐れ多うございます」

「あ」

リリアの方が狼狽えた。貴婦人の挨拶の仕方がわからなかったのだ。失態を犯した、と思った。

だがクリスティアンは朗らかに笑う。

「無邪気だろう? 彼女は無垢な神殿の女神だ」

「神殿の、女神様ですか?」

皆、驚愕《きょうがく》し、凍りついたようになっている。神殿は神聖で不可侵な場所であり、めったに神殿の人間が外の人と触れ合うことはない。ましてや、それが女神であると聞けば、大抵の人は恐れおののいてしまうだろう。

だがクリスティアンは平然としてリリアの右手を自分の左肘にかけさせ、奥へ誘う。

「見て回ろうか。どれも素敵なドレスだろう」

クリスティアンは背後に付き従った責任者に向かって、どんどん注文していく。

「まずは、今の季節に合った昼晩用のドレスを、それぞれ十着仕立てて欲しい。それと、ドレスに合った帽子や靴や装飾品も全部揃えてくれ」

ぼんやり聞いていたリリアはびっくりした。

「クリスティアンさ——殿下っ」

慌ててクリスティアンの袖を引く。

「なんだ？　もう少し多い方がいいか？」

「ち、違いますっ。そ、そんなに沢山着られませんっ」

「当然だ。一着ずつ着るんだ」

「そうではなくて……」

「ああそれと、今着替えて帰るためのドレスも欲しい。コルセットも下着も必要だな」

責任者はテーラーの顔に戻り、テキパキと答えた。

「それでしたら、試作品の最新流行ドレスがちょうど仕立て上がっております。初夏の空を思わせる、鮮やかな青いドレスで、清らかな王子妃殿下にはぴったりかと思います」

クリスティアンがうなずく。

「では、それももらう。リリア、奥の採寸室でサイズを測ってもらいなさい」

リリアは唖然として声も出ない。一生分のドレスを仕立ててもらったような気がした。クリスティアンは腕組みして続ける。

「ああ、次のシーズン用のドレスも、ついでに注文するかな」

まだ足りないというのだ。

これまで神殿でリリアが常識だと思っていた物量との、あまりの桁違いさに頭がくらくらした。これが王家の人間になるということか。

そうこうしているうちに、採寸室に案内され、女性の職人たちにシュミーズ姿に剥かれて、頭から爪先まで細かく採寸されてしまう。

「なんて細いウエストなんでしょう」「お胸の形も理想的です」「腰の位置が高くておられ、足もすらりとして本当にお美しゅうございます」「透き通るような真っ白いお肌には、どんな色のドレスもお似合いになりますわ」

口々に褒められるが、そもそも自分の容姿を美しいと意識したことなどないので、どうしてもお世辞にしか聞こえない。神殿では異形な容姿の神の子は、周囲からただ敬い恐れられる存在だったのだ。

採寸が終わると、先ほど責任者が言っていた青いドレスが持ち込まれ、着付けられた。リリアのサイズに合わせて、お針子たちがあちこち詰めたり広げたりする。さすがに王室御用達《ごようたし》の一流の職人たちだけに、あっという間にサイズ直しが終わる。

次に化粧室に案内され、髪を結い上げられ、最後に目の色に合わせたらしいルビーのイヤリングやネックレスを装着させられた。目元に薄くシャドウを入れられ、唇にほんのり紅をさされる。

リリアはぼうっと鏡の中の自分を見ていた。色の付いたドレスを身に纏うのは生まれて初めてだった。繊細なレースをふんだんに使い、ふんわりと花びらを重ねたようにスカートが広がるドレスは乙女心をときめかす甘く素敵なデザインだが、色素の薄い自分が着ていると衣装負けしているとしか思えない。生まれて初めてほどこされた化粧も、背伸びしているようで似合わない気がした。元の地味な綿のドレスに着替えたくなる。

この姿でこれから城で大勢の人たちの前に出るのかと思うと、心の底から怖じ気づいた。

「リリア、支度はできたか?」

化粧室の外からクリスティアンが待ち遠そうに声をかけてきた。

リリアは足が竦んでしまい、目を泳がせる。周囲のお針子たちが、期待に満ちた目をキラキラさせてこちらを見ている。

「恐れながら、扉までご案内します」

お針子の一人がリリアの手を取った。仕方なく、扉に向かって歩き出す。

「王子妃殿下がお出ましになります」

お針子の声に扉がぱっと外から開いて、あやうくクリスティアンと鉢合わせしそうになる。

「あ」

「お」

二人は同時に声を上げた。

クリスティアンは目を見開き、穴が開くほどこちらを凝視している。なんの言葉もない。ドレス負けしているリリアに呆《あき》れているのかもしれない。クリスティアンを失望させたと思うと、恥ずかしくていたたまれない。神殿を出てからずっと、張り詰めていた気持ちがここにきてぷっつりと折れてしまったよう。

うつむいてクリスティアンの真横を通り過ぎ、すたすたと出入り口に向かった。

「待て、リリア。どこへ行く」

クリスティアンが驚いたように素早く右腕を掴んだ。リリアは振り向かず華奢《きゃしゃ》な肩を震わせた。

「帰ります――神殿へ」

「な、何を言う⁉」

クリスティアンが呆《あき》れ顔《がお》で、くるりとリリアの前に回って顔を覗き込んだ。

「あなたの居場所はこの城だ」

リリアはふるふると首を振る。

「いやっ、神殿に帰ります」

「どうして？　ドレスが気に入らなかったのか？」

「ち、違います……こんな素敵なドレス、生まれて初めて着ました」

「ならば——」

「みっともなくて……私がみっともないから……似合わなくて……」

声が震えてしまう。

「——」

クリスティアンがますます呆れた顔になる。そんなに軽蔑した顔で見ないで欲しい。涙が溢れそうになる。クリスティアンが咳払《せきばら》いし、軽く息を吸った。

「リリア、私はこんなに美しい女性をこれまで見たことがない」

クリスティアンが響きのいいコントラバスの声で言う。

「透き通った肌にコバルトブルーのドレスが映えて、空から舞い降りた天使のようだ。あまりに似合いすぎて、言葉を失ってしまったんだ」

気持ちのこもった賛美の言葉に、リリアはおずおずと顔を上げる。

「ほんと、ですか？」

クリスティアンは大きくうなずく。

「私はあなたに嘘《うそ》は言わない。あなたは可憐で繊細で儚《はかな》くも神々しく、まさに美の女神だ」

大仰に褒められて、胸がとくんと高鳴り、気持ちが上向きになってきた。

クリスティアンが壊れもののように、そっとリリアの腰を抱き寄せ、メイクや髪型を崩さないよう気を遣いながら、顔中に優しく口づけをした。

「綺麗だよ、ほんとうに綺麗だ」

耳元で甘くささやかれると、さっきまでのしょんぼりした気持ちが吹き飛んでいく。

「私……綺麗だなんて言われたの、生まれて初めてです」

「それは、あなたがあまりに美しすぎて、皆口にできなかったに違いない」

「そ、そうなのですか？」

「そうさ。だからこれから、私がいっぱい褒めてやろう。美しい私のリリア」

「ふふ……」

照れ臭さに頬が赤くなる。

クリスティアンは身を屈めてリリアの額にこつんと自分の額を押し付け、繰り返しささやく。

「美しい私のリリア、美しいリリア」

「うふふ……」

我ながら現金だと思うが、恋する人に褒められるとすっかり機嫌が直ってしまう。気がつくと、責任者はじめ仕事場の者たちが全員周りを取り囲み、ニコニコと見守っている。恥ずかしさはまだあったけれど、自分を卑下する暗い気持ちは消えていた。

そのまま、クリスティアンと本城へ戻った。

王家専用のフロアへ上がる螺旋階段の辺りまでくると、衛兵の一人が困惑顔で近づいてきた。

「殿下、殿下妃殿下、あのウサギが追い払っても追い払っても、あそこから動かないのですが——」

リリアは、階段の下にちょこんと座っているコヤンカの姿を見て、胸を打たれた。

リリアの帰りを待っているのだ。

「コヤンカ！」

声をかけると、小さな白ウサギは耳をぴんと立て、音を頼りに一目散にこちらに向かってぴょんぴょんと走ってくる。リリアは優しく抱き上げて、頬ずりした。

「いい子ね。私を出迎えてくれたのね。なんていい子なの」

コヤンカが嬉しげに鼻をぴすぴす鳴らした。

こんなひ弱で小さな生き物が、衛兵たちに何度追い払われても決然としてリリアの帰りを待っていたのかと思うと、ドレスのことくらいでぐだぐだ悩んだ自分が恥ずかしくてならない。

クリスティアンは周囲の兵士たちにキッパリと言った。

「あれは妃が可愛がっているウサギだ。今後、城のどこにいても手出し無用だ」

「御意」

兵士たちはかしこまって頭を下げた。

リリアはコヤンカを抱き締め、クリスティアンをひたと見上げた。

「クリスティアン様、お披露目《ひろめ》の場にコヤンカと一緒に出てもいいですか？　私、この子から勇気をもらいたいんです」

クリスティアンがうなずく。

「好きにするといい。あなたの望むことは、私はなんでも叶えよう」

「ありがとうございます」

リリアがにっこりすると、クリスティアンも心から嬉しげに微笑み返した。

「あの――では、さっそくのお願いですが……」

遠慮がちに切り出す。クリスティアンが嬉しそうな顔になった。

「うん、なにか欲しいものができたか？」

「その……神殿におられるヘルガ聖女様をお城に招いてくださることは、できますか？」

「神殿の聖女様？」

「はい。私のたったひとりのお友だちでした。まるでほんとうのお母様のように、私を可愛がってよくしてくれたのです。でも、お目が不自由で、私が神殿から去ってしまったら、さぞ心細いことだろうと思うのです。数日でもいいんです。ヘルガ聖女様にお会いしたい」

クリスティアンが感に堪えないという表情になった。

「そういうことなら——その方を城に呼び寄せるよ。あなたの話し相手としてのお役目を与えれば、ずっとこの城で暮らしていただくことができる。一室を与え、世話係の侍女も付けて差し上げよう」

「ああ、嬉しい！　感謝します！　ありがとう、殿下！」

リリアは歓喜してクリスティアンに抱きついた。

「ふふ、わかったわかった。そら、せっかくの髪型が崩れてしまうぞ」

クリスティアンがコヤンカを撫でるみたいに、リリアの背中を優しくさすった。


その後、急遽《きゅうきょ》招集された臣下や貴族議員たちの前に、王子夫妻は結婚後初めてのお披露をした。

凛々《りり》しく端整な王子と透明感あるに包まれた純白の女神が並んだ姿は、まるで一幅《いっぷく》の名画のようで、その場にいる者たちは全員息を呑んだ。

前例のない王家と神殿の結びつきに、手ぐすねを引いて反対しようと待ち受けていた旧弊な保守派の者たちも、あまりに神々しく無垢なリリアの姿に圧倒されて、ぐうの音も出ない様子だった。また、リリアが大事そうに抱き抱えている白ウサギの姿は、近寄りがたい気品を纏った彼女にあどけなさを添え、いっそうその無垢な美貌を際立たせていた。

生まれて初めて衆人環視《しゅうじんかんし》の中に放り込まれたリリアだったが、ぴったりと寄り添ってくれるクリスティアンの安心感と腕の中にいるコヤンカの温かさに、最後まで胸を張って立っていることができたのである。

城内のお披露目が終わると同時に、国中にクリスティアンとリリアの婚姻が発表された。

長年に渡る国王の長患いや荒れた政治状況下に置かれて、民たちは不安に苛《さいな》まれていた。しかしクリスティアンが政務に加わるようになってから、徐々に国情が安定し始め、彼への評価は鰻上《うなぎのぼ》りであった。

そこに、国に新風を吹き込むような神の子との結婚は、民たちにはおおむね好意的に受け入れられた。だが、昔ながらの慣習にこだわる一部の人々の中には、批判的な目を向ける者もいたのである。

「さあ、こちらが王子妃殿下の新しいお部屋になります」

お披露目の後、雑務を片付けるというクリスティアンといったん別れたリリアは、スルホに、準備が整ったという私室に案内された。

リリアの私室は、城の最上階のクリスティアンの私室の隣に用意されてあった。

スルホが先に扉を開き、恭しくリリアを先に行かせた。リリアはコヤンカを抱いて、部屋の中に足を踏み入れる。

「わ……あ！」

白を基調とした広い部屋は、高い飾り窓がいくつもあり、日当たりがよく明るい。カーテンも調度品も暖炉も絨毯も淡い白色で統一され、家具類はすべて柔らかな曲線を描く優しいデザインだ。クリスティアンが指示したのか、壁のあちこちに飾られた絵画は白ウサギばかりが描かれている。よほどクリスティアンはウサギが好きなのだろう。

リリアはコヤンカを床に下ろすと、興味津々で部屋の中を見て回る。洗面所も浴室もクローゼットも書斎もすべて白色でまとめられている。

これまで、神殿の奥の窓もない狭い一室に押し込まれて暮らしてきたので、こんな広くて開放感のある部屋が自分のものになるなんて、夢のようだ。

「突然決まった結婚だったのに、たった一日かそこらで、まるで私にあつらえたみたいなお部屋を用意してくれたんですね。さぞ大変でしたでしょう？」

リリアはウキウキした顔でスルホに声をかけると、彼は少し複雑な表情になった。

「それはもう、殿下は何年もかけてこの部屋を準備なさっておりましたから――」

口の中でつぶやくように言われて、リリアはうまく聞き取れなかった。

「え？　準備？」

スルホは慌てたように首を振った。

「いえいえなんでもございません。さて、以上でお部屋のご案内は終わりでございます。次の間には常に王子妃殿下専属の侍女たちが常時控えておりますから、なにか不足がありましたら、その旨を伝えてください。私が責任を持って用意させていただきます」

「とんでもないわ、充分過ぎるほどよ。あ、そう言えば……寝室が見当たらなかったような――」

スルホは微笑ましそうな笑みを浮かべ、居間の奥の扉を開いた。

「こちらが、ご夫婦の寝室に繋《つな》がっております」

「あ……」

隣のクリスティアンの部屋と繋がっていたのだ。まだまだ初心なリリアは、夫婦生活を覗《のぞ》かれたような気がして赤面した。

「お疲れでございましょう。ソファにお座りください。今、お茶と軽食を運ばせます」

スルホがテーブルの上の呼び鈴を鳴らすと、次の間からワゴンを押して侍女が姿を現した。

テーブルに茶器や焼き菓子を載せた皿が並べられる。

「まず、私が――」

スルホはそう侍女に命じて壁際に下がらせ、自分で小さなティーカップにお茶を注いだ。それから、お菓子をひとつずつ皿に取り分けた。

「失礼ながら、殿下の代理で私が毒味をさせていただきます。殿下から、王子妃殿下の召し上がる物は、必ず毒味するよう命じられておりますから」

スルホはお茶をひと口含み、慎重に味わう。それから、取り分けたお菓子をひと口ずつ齧った。しばらくしてから、彼はうなずく。

「大丈夫です。では、お召し上がり下さい」

侍女が前に進み出て、給仕を始める。

リリアは香り高い紅茶を啜りながら、スルホにたずねた。

「あの――クリスティアン様も、私の食べるものを毒味なさってました。そんなに気をつけることなのでしょうか?」

スルホは一瞬考えるような顔になった。それから、手を振って侍女を引き下がらせた。二人きりになると、彼は声をひそめて話し出す。

「この話は、どうか王子妃殿下の胸ひとつにおおさめくださいませ」

「は、はい」

スルホの真剣な表情を見て、リリアはティーカップを置いて、姿勢を正した。

「クリスティアン殿下のお母上は、正規の側室ではございません。国王陛下に仕えていた窓拭き係の侍女なのです。国王陛下に見初められ、殿下がお生まれになりました。表向きは、正妃様のお子ということになっております。このことは、王家の者とわずかな関係者しか知らぬことです」

「そうでしたか……」

リリアはアーポ第一王子が吐き捨てるように口にした「寵妾」という言葉の意味を、やっと理解できた。酷《ひど》い言葉だと、今更ながらにあの時のクリスティアンの心情を思《おも》い遣《や》る。

「お母上は、殿下を産み落とされてすぐ、正妃様の命令でいとまを取らされました。その後、殿下は城下の離宮で侍女たちに囲まれて暮らすことになりました。正妃様が、血筋がよろしくないと殿下の存在をひどく嫌悪なさったので、殿下はお城に上がることもなかったのです。その上、幼い頃は病気がちで、病院でお一人で過ごされることも多うございました」

「……ずっとお一人で?」

「そうですね。私は、殿下が七歳になられる頃に教育係として仕えることになりました。それまでは、ずっとお寂しく暮らされておられたのです」

「……」

リリアは胸がかきむしられた。自分もずっと他人の大人ばかりに囲まれて生きてきたから、クリスティアンの孤独が痛いほど理解できたのだ。

リリアの表情が暗くなったのに気づいたスルホは、気持ちを引き立てるような口調になった。

「でも、殿下はとても聡明《そうめい》なお方でした。私が教えることはすべて理解し、それ以上の解釈を出してくることも度々でした。ただ頭が良いというだけではなく、思考力や判断力に優れておいででした。その上お身体の鍛錬も怠らず、十二歳になる頃には、文武両道で誰の目にも王家の人間として相応《ふさわ》しい人間に成長なさったのです。その頃には、正妃様がお亡くなりになり、国王陛下も体調がすぐれなくなり、殿下を王城へ呼び寄せるように沙汰を下されました。そして、国王陛下の代理として、少しずつ王政に参加されるようになりました。その後も殿下は、勉学にも武芸にも研鑽《けんさん》努力を怠らず、次第に国政に欠かせない人物となられたのですよ。今や、この国を支えているのは、クリスティアン殿下だと言っても過言ではありません」

「そうね、そうだわね」

リリアは初めてクリスティアンと出会った日、城の屋上で彼が話したことを思い出す。

目を輝かせ決意に満ちた表情で、彼がこの国の未来を語った姿に、リリアは心奪われたのだ。

スルホは居住まいを正し、さらに小声になる。

「ここからは、王子妃殿下には衝撃的な話になりますが――殿下が幼い頃病弱だったのは、毒を盛られていたせいではないか、と思われる節がございます」

「ええっ？」

リリアは愕然とした。

「亡き正妃様か――誰の陰謀かは、未《いま》だ判然としません。でも、殿下は私が教育係になった頃に、殿下は私にだけその疑念を打ち明けられました」

「そんな、恐ろしいこと……！」

リリアは王家の闇の部分を見せられ、背筋が凍るような気がした。

スルホは安心させるように表情を和らげた。

「それ以降は、私の提案で食器は全て毒物に反応しやすい銀器に替え、信用ある料理人にだけ調理を任せるようにしました。すると、殿下はみるみる健康を回復なさいました。その上で、殿下と私は年月をかけて少しずつ毒を体内に摂取して、耐性をつけてきたのです。今では私たちは、たいていの毒には耐性ができております。しかし無垢な王子妃様には、万が一があっては一大事ですので、殿下から私が必ず毒味をさせていただくことにしました」

「……そうだったの」

クリスティアンが過剰なほどリリアの食事に気を使うのは、そんな凄惨な過去があったせいだったのか。

「でも、クリスティアン様はいつも誇り高く力強く凜凜しくて――そんなお辛い過去があったなんて、少しも感じさせなくて……」

リリアは、過去に囚われ自信を失ったままの我が身を省みて、ひどく自責の念におそわれた。

スルホが微笑む。

「いえいえ、殿下だって悩んだり苦しんだりなさっておりますよ。それを、表に見せないだけです。だからこそ、王子妃殿下がおそばに必要なのですよ」

「私なんか……女神にもなり損ねて、忌むべき存在で世間知らずで、クリスティアン様のお役に立てることなんかあるのでしょうか」

クリスティアンが背負ってきたものの重さを思うと、あまりにも自分は無力だと感じた。彼がリリアと結婚した目的は、女神としての能力の覚醒だというのに、その兆しもない。

しょんぼりしたリリアの膝の上に、コヤンカがぴょんと飛び乗り、慰めるように手に額を擦り付けてきた。リリアはコヤンカの頭を撫でる。もふもふした毛皮を撫でていると、気持ちが少しだけ落ち着いた。

「いいえ、無垢で無邪気な王子妃様の存在こそが、なにより殿下の一服の清涼剤なのでございます。ご自身を信じてください」

「――はい」

教育係だったというスルホの言葉は説得力があり、リリアは素直に返事をした。自信はないけれど、恋するクリスティアンのためになにができるかきちんと考えようと思った。

晩餐の時間になり、コヤンカを抱いて食堂に赴くと、クリスティアンが待ち侘びたように出迎え、椅子を引いてくれた。スルホ補佐官からクリスティアンの壮絶な過去を聞いた後だと、彼の無駄のない所作ひとつひとつに深い憂いを感じてしまう。

料理が出てくると、

「まず、私が味見をするから」

と、クリスティアンはリリアの分を取り分けて味見を始める。リリアは彼の毒味の真意がわかると、胸がせつなく締め付けられた。

「この鶏肉《とりにく》のクリーム焼きはなかなかだ、食べてごらん」

クリスティアンがフォークに一切れ乗せて差し出したので、口に含んだ。たちまち甘く柔らかい肉が口の中で蕩けていく。自分はこの料理のように、とろとろに甘やかされていると感じた。

「美味しいです」

「そうか、ではもうひと口」

クリスティアンが再び料理を差し出す。膝の上に乗っているコヤンカをそっと撫で、気持ちを奮い立たせた。そして、顔をキッと上げた。

「クリスティアン様。私はあなたの妻になりたいです」

クリスティアンは目を丸くした。それから揶揄うようにくすっと笑う。

「かしこまって何を言い出すんだ。あなたはもう私の妻ではないか」

「いいえ、私は王子妃になりました。でも、今の私は少しも相応しくありません」

クリスティアンが感じ入ったようにじっとこちらを見た。そして口の中でつぶやく。

「あなたは、そこにいるだけでいいのに――」

「私は……あなたのお役に立ちたいの。王家の人間として、いろいろ学びたいんです」

クリスティアンの目が熱っぽく光る。彼はそっとフォークをテーブルに置いた。そして、右手を振った。

「人払いを」

ひと言命令すると、食堂にいた給仕たちはさっと退出した。

二人きりになると、クリスティアンが考え深そうに言う。

「では、来週あたりから、王家の歴史やマナー、貴婦人としての振る舞いなどを学ぶように、よい家庭教師をつけてあげよう。外国語やダンスやピアノも練習するといい」

リリアは目を輝かせ頬を染めた。

「はいっ。嬉しい、頑張ります」

クリスティアンが目を細める。

「だけど、あなたの一番の役目は――」

彼は自分の皿の上のクリームソースを指で掬うと、リリアの口元に差し出した。

「舐めて」

「あ、んむ」

口を開けると、指ごと押し込まれた。戸惑いながらも、おずおずと舌でクリスティアンの指を舐める。彼の指先がリリアの歯の裏から口蓋をまさぐった。そのまま喉奥まで侵入してきた。

「優しく吸って。それから舌でぐるりと舐めるんだ」

「んんっ……」

息苦しさを我慢しながら、言われた通りに舌を使った。すると、クリスティアンがゆっくりと指を抜き差しする。その指の動きに性的なものを感じ、背中がぞくりとおののく。その動きに合わせて舌をうごめかす。

「いいね。上手だ」

ゆっくりと指が抜け出ていく。

彼はやにわに立ち上がるとリリアの背後に周り、うなじのあたりに口づけし低い声でささやいた。

「あなたの一番の役目は、妻として、私を慰め心地よくさせることだよ。それは忘れないでくれ」

「あ……」

濡れた唇の感触と熱い息遣いに、身体中の血が騒ぐ。背中にクリスティアンの手が下りてきて、胴衣のフックをゆっくりと外していく。何をするのかと肩を捩《ねじ》ると、

「立って、じっとしておいで」

と、鋭い声で言われ、慌てて立ち上がり身を強張らせた。胴衣が脱がされ、嵩張《かさば》るスカートも外されてしまう。コルセット、ペチコート、ドロワーズも——。

一枚一枚、薄皮を剥《は》ぐみたいに衣服を取り払われていく。

緊張と興奮で心臓がばくばく言う。

とうとう全裸にされしまう。

後ろに一歩引いたクリスティアンは、満足気にリリアの全身を舐め回すように見る。その視線に欲望を感じて、足が震えてきた。

「ク、クリスティアン様……お、お食事は……？」

「あなたのほうが美味しそうだ。食べたい」

クリスティアンはリリアの細腰を抱えると、ひょいとテーブルの上に乗せた。お尻をテーブルにつく形になり、慌てて両足を閉じ合わせとうとするのを、すかさず、

「足、開いて」

と命じられてしまう。

「う、あ……」

初心なリリアは、夫婦の営みは夜に寝室で行うものだとばかり思っていた。まさか食堂で慎みない行為が始まるのかと思うと、恥ずかしさに頭に血が上る。

「開いて」

少し強い口調で命じられ、そろそろと膝を開いていく。忙《せわ》しない呼吸に合わせて、まろやかな乳房が小刻みに揺れた。

秘裂が綻んで外気に晒《さら》されると、じくっと淫らにそこが疼いた。秘所にクリスティアンの視線が釘付けになる。

見られているだけで、乳首がツンと尖ってじんじん疼く。

「赤く潤んで、美味しそうだ」

彼は掠れた声でそう言うと、テーブルに歩み寄りクリームの入った銀器を取り上げた。

そして、乳白色の液体をたらたらとリリアの乳房に垂らした。

「あ」

ねっとりしたクリームが、乳房からウエストラインを辿り、股間に流れ落ちていく。とろとろした感触に、肌がぞわっと粟立《あわだ》った。乳白色の液体にまみれるのが、淫らなことを想起させ、お臍の奥がずきずき疼き上がる。

「や……クリスティアン様、何を……やめて……」

「動かないで」

クリスティアンの指先が、クリームに塗れた乳首をきゅっと摘んだ。

「あっ」

じくりと疼く感覚に思わず声が漏れた。

「嫌だと言っているが、ここがもうこんなに尖っている」

クリスティアンはクリームを塗り込めるように、乳嘴の先端をぬるぬると転がした。

「ん、ぁ、や、触っちゃ……」

擽ったいような甘い痺れが下肢に走り、呼吸が乱れてしまう。

「もう、感じてしまったか？」

クリスティアンは嬉しげに表情を崩し、色っぽい声で命令する。

「舐めてください、と言うんだ」

「えっ、そんな……」

リリアは羞恥に薄い耳朶が熱くなるのを感じた。自分から男を誘うようなセリフなど、恥ずかしくて言えるはずもない。

クリスティアンが欲望を孕《はら》んだ眼差しで見つめてくる。

「言うんだ、リリア。でないと、そのままテーブルに置いていくぞ」

「っ……」

こんな姿を他の人に見られたら、恥辱で死んでしまいたくなるだろう。いつも優しいクリスティアンが、こんな傲慢そうな声を出すなんて。でも、なぜかその声に子宮がうずうずと反応してしまっている。

リリアは消え入りそうな声で言う。

「な、舐めて……ください……」

恥ずかしい言葉を口にした瞬間、つーんと媚肉が甘く締まり、強い快感が走る。

「いい子だ」

クリスティアンは上着を脱いで椅子に放《ほう》ると、シャツの腕を捲りながら近づいてきた。

リリアは、まるで獅子《しし》の前に差し出された生贄《いけにえ》の子羊にでもなったような心境だった。クリスティアンは、今にも舌なめずりをしそうな獰猛《どうもう》な表情だ。そして、別人のような凶暴な表情にも魅了されてしまう。

クリスティアンの両手が、クリームにぬらつく乳房をやんわり掴んで、寄せ上げた。

彼の舌が、ぺろりと乳房の丘を舐めた。そのまま乳肌を舐め回す。

「甘い」

肌を這う熱い舌の感触に、総身がぶるっと震える。

クリスティアンの口腔に赤い先端が咥え込まれた。

「んんっ……」

唇で乳首を挟まれ扱《しご》くように吸われると、先端から強い快感が下腹部へ走っていく。

クリスティアンは甘く熟れた左右の乳首を、ねっとりと舌で舐め回してはしゃぶった。

「は、んぅ、んんぅん」

艶かしい快感と刺激に、媚肉が疼いてやるせない。

腰が揺れそうになるのを、必死で耐える。

クリスティアンは執拗にリリアの乳首を舐め回し吸い上げる。やるせない刺激に媚肉が淫らに蠕動《ぜんどう》し、もっと舐めて欲しく胸を突き出しそうになった。

「あなたの肌はとても甘い」

クリスティアンはリリアの胸から顔を離し、ぺろりと口の周りに付いたクリームを舐め取った。その仕草もとても扇情的で、リリアは猥りがましい情欲の昂りに、脈動がどんどん速まるの感じた。

「そ、それは、クリームのせいで……す」

「そうかな？」

クリスティアンは薄く笑い、乳房から脇腹、お臍の周りと、リリアの肌に流れたクリームを丁重に舐め取っていく。ゆっくりとクリスティアンの膝が折れる。

滑る舌がぬるぬると這い下りていく感触に、白い肌にざわっと鳥肌が立った。彼の逞しい両手が、リリアの両足を大きく押し開く。

「あん、あ、あ……っ、やっ……」

クリスティアンの端整な顔が、股間に潜り込んできた。驚いて足を閉じようとしたが、両膝をがっちりと押さえられてびくとも動けない。股間に彼の熱い息遣いを感じるだけで、媚肉がきゅんと甘く疼いた。

「花びらに白いクリームがまみれて、なんていやらしい様なのだろう」

「や、見ないで……」

「いや、全部見てあげる。ああ、何もしていないのに赤い蕾がツンと膨らんできた。花びらが物欲しげにひくひくしている」

「うう……言わないで……」

口では嫌がっているが、彼の視線を秘所に感じるだけで隘路の奥がじくじくと濡れていくのがわかった。

「ここも存分に舐めてやろう」

クリスティアンは柔らかな内腿《うちもも》にねっとりと舌を這わせてきた。

「ぁ、や、そんなところ……き、汚い……ぁ」

「あなたの身体で汚いところなど、どこにもないよ」

焦らすように彼の舌がゆっくりと核心部分に接近してくる。淫らな興奮が高まり、リリアは恥ずかしさのあまり目を瞑ってしまう。

ぴちゃぴちゃと音を立てて。熱い舌が陰唇を舐め上げた。疼き上がった花弁を舐められると、羞恥より心地よさが優《まさ》って、腰が浮きそうになった。

「ひ、あ、あぁう……」

「奥から、甘酸っぱい蜜が溢れてくる。なんという甘露だろう。全部いただこう」

クリスティアンはくぐもった声でそう言うと、隘路から溢れてくる愛蜜をじゅるりと啜り上げた。

びくんと尻が跳ねる。

「はぁ、や、だめ……そんなに……」

クリスティアンは、熟れた花びらの一枚一枚をぬるぬるくちゅくちゅ舐め上げていく。男女の交わりにこんな行為があるなんて、信じられなかった。羞恥か快感をさらに煽ることも知った。

神殿でのリリアは、性行為と無縁な白い結婚をするために純粋培養な世界で育てられた。秘所は汚れた部分と教えられ、自分でも触れたこともなかった。ましてや、そんなところを舐められて心地よくなってしまうなんて、思いもしなかった。

「あ、あ、ぁ、あ……」

抵抗できない心地よさに、リリアは悩ましい鼻声を漏らしてしまう。

ふいに、鋭敏な秘玉をクリスティアンが咥え込んできた。ちゅっと軽く吸い上げられただけで、凄まじい快感に目の前に火花が散った。

「あ、あああっ」

身体がびくんと大きく浮き、背中が反り返った。クリスティアンは熱い口腔に吸い込んだ花芽を、軽く吸い上げてはぬめぬめと舌で優しく転がしてくる。それは、指で触れられるよりずっと滑らかで強い快美感を生み出す。

「は、はぁっ、あ、やぁ、あぁ、あ……」

腰が抜けてしまいそうな強い愉悦がひっきりなしに襲ってきて、腰がくねくねと揺れてしまう。物欲しげにひくつく媚肉の狭間からとろとろと新たな愛液が湧き出して、クリスティアンはそれも余す所なく啜り上げる。

そのうち、蜜壺の奥がなにかで埋めて欲しくて痛いほどきゅうきゅう収斂し始める。そこも触れて欲しいと願ってしまうが、そんなはしたないお願いは到底口にはできない。

耐えきれない刺激の連続に、リリアは内腿をぶるぶると震わせた。

「あ、あ、あ、も……あ、だめ、あ、やだ、もういやぁ……」

両手でクリスティアンの頭を押しやろうとしたが、快感に力が抜け切ってしまい、ただ彼の艶やかな金髪をくしゃくしゃに掻き回すだけだった。

クリスティアンは舌先で花芽の鞘《さや》を剥き下ろし、露わになった花芯を直に吸い上げた。堪えきれない快楽が背筋から脳髄まで駆け抜けた。

「あ、あー、あぁあぁぁっ」

リリアはあっという間に絶頂に追い上げられ、甲高い嬌声を上げてびくびくと全身をのたうたせた。身体が硬直し、息が詰まり爪先がきゅっと丸まった。

直後、強張りが解け息が継げる。

「……は、はぁ、はぁ……ぁ」

これで終わりかと思ったのに、クリスティアンはまだぬめぬめと秘玉を舌先で転がし、同時に骨ばった指先を綻び切った花弁のあわいに押し入れてきた。

「んんっっ」

飢え切った媚肉が、悦んで彼の指をしゃぶり尽くす。もっと奥に欲しい。お臍の裏側のとても気持ちよくなってしまう部分を、押し上げて欲しい。求めるように腰が前に突き出てしまう。

だが、クリスティアンは意地悪く蜜口の浅瀬を掻き回すだけに止まる。

「あ、だめえ、やあ……」

思わず非難めいた声が漏れてしまう。

クリスティアンがやっと花芽を解放し、陰唇の狭間に指を突き入れたまま顔を上げた。口の周りがクリームと愛液で濡れ光り、ぞっとするほど色っぽく蠱惑的な表情になっている。

「もっと、欲しい？　ここに？」

「ほ、欲しいです……」

掠れた声で聞かれ、素直にこくんとうなずいた。

「何が欲しいの？」

クリスティアンが揶揄うようにたずねてくる。

リリアは顔が真っ赤に染まるのを感じた。

わかっているくせに。わざとリリアの口からはしたない言葉を言わせたいのだ。

「……い、意地悪……です」

「ふふ」

薄く笑いながら、指がぬるっと抜け出ていった。

「あん、だめっ」

思わず不満げな声を漏らしてしまうと、クリスティアンが思惑通りとだと言わんばかりににんまりした。彼は身を起こすと、おもむろにトラウザーズの前立てを緩めた。

見事に反り返った男根が引き摺り出され、リリアはそこから目が離せないでいた。太く凶暴そうな屹立を見ただけで、媚肉が痛いほどきゅんきゅん締まり、自ら軽い快感を生み出してしまう。

「あなたが欲しいのは、これ？」

クリスティアンが剛直を握って、ゆっくりと近づいてくる。

「……そ、それ、です……」

消え入りそうな声で答えた。彼が接近し、目の前に仁王立ちになった。口元に、傘の開いた先端が押し付けられ、ぷんと雄の強烈な匂いが鼻腔を満たした。

「舐めてくれ」

「っ……」

リリアは息を呑む。

「さっき、私の指を舐めただろう？　あんなふうに——」

誘うように言われ、目を見張ってクリスティアンを見上げる。彼が熱を孕んだ眼差しで見返してくる。

ほんの数日前のリリアなら、男性器を舐めろなんて言われたら、恥辱《ちじょく》で気絶してしまったかもしれない。

けれど、クリスティアンにこうして夫婦の交わりを一つ一つ教えられると、それほど嫌悪感が湧かない。それどころか、今しがた自分が彼の舌で達《い》かされたお返しに、彼の欲望を口にしてもかまわないとすら思った。

ただ、クリスティアンのそそり勃つ肉棒があまりに大きくて太いので、自分の慎《つつ》ましい口には収まりきらないと思う。

「ん……」

思い切っておずおずと赤い舌を突き出して、先走りの雫をたたえた亀頭の割れ目を舐めてみた。濡れた舌が割れ目に触れた瞬間、屹立がびくっと震えた。彼が感じているのだと思うと、胸が熱くなった。

「んん……ん」

ぺろぺろと先端を舐め回すと、微《かす》かな塩味のある先走りの味に、喉奥から淫らな欲望が込み上げてきた。

ちゅっと先端に口づけし、そろそろと括れのあたりまで咥え込む。クリスティアンの呼吸が乱れるのが感じられた。

「そうだ、いいぞ。括れの周りを舐めてみて」

「んん……ぅ」

言われるまま、亀頭の括れに沿ってゆっくりと舌を這わしてみる。

「いいね。そのままもう少し呑み込んで。歯を立てないように」

「ふ、んぅ、んんん」

口を大きく開き、ゆっくりと太茎を呑み込んでいく。口いっぱいに頬張ると、息もできないくらい苦しい。

「そのまま、ゆっくりと口で扱きながら、裏筋を舐めるんだ」

「は、はふぅ、ふあぁ……」

ぎこちなく頭を振り立てながら、太い血管の浮く裏筋に舌の腹を押し付けるようにして舐めた。唾液と先走りの混じったものが口の端から溢れ、剛直をぬらぬらと濡らした。

「は、はふ、ぁふぅ、んぅ、んんっ」

唇を窄《すぼ》めて、きゅっきゅっと亀頭の括れを締め付け、できるだけ奥まで肉棒を呑み込もうとする。

「ああ悦いね、悦い。もっと強くして」

クリスティアンの声が酩酊したような響きになる。鈴口が口の中でぴくぴく震え、さらに大量の先走りが溢れてきた。

慣れない行為に顎がだるくなってくるが、クリスティアンが悦んでいるのだと思うと、じんわりとした快感が下肢から湧き上がってくる。

膨れた先端が口蓋の感じやすい箇所をぐりぐりと擦っていくと、子宮がずきずき疼いて反応してしまう。口の中にも性感帯があるのだと知る。

「はふ、ふあ、ふ、ふぁうん」

艶めかしい鼻声を漏らしながら、滾《たぎ》る肉棒を咥え舐めしゃぶる行為を繰り返す。さっきクリスティアンに舐められて達かされてしまった秘所が、うずうずとうごめく。

「もっと奥まで呑み込める？」

クリスティアンの手が下りてきて、リリアの顎を持ち上げた。

「ぐ、ごほ……っ」

喉奥を突き上げられて、えずきそうになった。

「——そのまま——吸って」

「んんぅ、んうっ」

必死に肉茎を吸い上げると、びくびくと口腔で脈動が跳ね、やるせなくせつない気持ちが膨れ上がる。自分の胎内で、この肉棒はこんなふうに動いていたのかと思うと、淫らな欲望が全身に広がっていく。

「その顔——私のものを美味しそうにしゃぶるあなたの顔、なんていやらしいんだろう」

クリスティアンの両手がリリアの頭をそっと抱え、髪の毛や耳の後ろを優しく撫で回す。その刺激だけで、ぞくぞく感じ入ってしまい、尻が物欲しげに揺れてしまう。

次第に、クリスティアンの息遣いや声色から、彼の感じやすい箇所がわかってくる。

裏筋と亀頭の繋ぎ目あたりを舌で弾くように舐めると、男根がびくんと口の中で踊った。

「ふ――上手だ」

クリスティアンが感じ入った声を漏らし、リリアの白い髪を掻き回す。

「んん……くちゅ、んう、ちゅ……」

リリアは息苦しさに目尻に涙を溜めながらも、必死に舌を動かし続けた。

「ああ、あなたに狂いそうだ、リリア」

彼の手がリリアの頬に下がり、顔を撫でながら、徐々に腰を前後に動かし出す。

それはまるで性交を思わせる動きで、リリアは総毛立った。

「あふ……は、はふぁ、は、はぁ……あ」

リリアの口中を剛直が激しく突いてきて、顔が歪む。だが、クリスティアンが悦んでいると思うと、夢中になって彼の律動に揺く付いていく。

涙目でそっと彼を見上げると、これまで見たこともないような陶然とした表情をしていた。その顔を見るだけで、下腹部がきゅうんと甘く痺れた。

「ふ、は、あ、はぁ、はぁあん」

秘裂から新たな淫蜜が吹き出してきて股間を濡らし、テーブルの上にも淫らな染みを広げていく。

耐えきれないほど淫靡《いんび》な欲望が全身を犯し、リリアは苦しくてたまらなくなる。この逞しい欲望で胎内を満たしたいと渇望してしまう。

そっと屹立を吐き出し、声を震わせた。

「クリスティアン様……もう……お願い」

リリアは腰を後ろにずらし、自ら両足を大きく広げ、赤く熟れた秘所を見せつける。

「ください、もう、ここに、欲しい……」

クリスティアンの青い目がすうっと細まる。

「あなたから私を求めてくれるなんて――胸が震える、リリア」

クリスティアンはリリアの細腰を両手で抱え上げ、床に下ろした。くるりと反転させ、テーブルに両手をつかされた。

「あ?」

白くまろやかなお尻を掴まれて、後ろに突き出すような格好にされた。何をするのだろうと、肩越しに振り返ろうとする前に、綻んだ花弁にぬるっとそそり勃つ剛直の先端が押し当てられた。みっしりとした肉塊の熱さに、媚肉がひくりとおののく。

「あっ?」

ぬるぬると陰唇を軽く擦られただけで、彼の欲望の熱量で蕩けてしまいそうに感じ入ってしまう。

ぬくりと先端が蜜口に押し入っていた。リリアはびくりと腰を浮かせてしまう。

「あ、あ？　嘘、後ろ、から、なんて……いやぁ……」

まさかこんな格好で交わるなんて考えもしなかった。四《よ》つん這《ば》いになったような体勢が恥ずかしくて、身を捩る。

「いやではないだろう――あなたの中、奥へ私を引き込んでくる」

クリスティアンはリリアの腰を引き付けると、そのまま一気に腰を沈めてきた。

「ひぁ、あ、あぁぁあっ」

最奥まで貫かれ、太い肉槍で串刺しにされたような錯覚に陥る。奥の奥まで先端が押し上げて、凄まじい快楽の一撃に、あわや意識が飛びそうになった。

「あ、あ、あ……」

リリアはがくがくと足を震わせる。

「凄いな――吸い付いてくる」

クリスティアンが息を乱し、深く挿入したままゆっくりと奥を掻き回した。どこかこれまでと違う感じやすい箇所を刺激され、リリアは再び達しそうになる。

「ひぁ、あ、うご、動かないで……そこ、やぁ……」

震え声で懇願する。

「そこ？」

クリスティアンがずん、と腰を穿った。

「ひうっっ」

下腹部に重苦しい快楽の衝撃が走り、リリアは背中を弓形に仰け反《そ》らせて甘い喘《あえ》ぎ声を漏らしてしまう。

「ああここか、あなたがどうしようもなく乱れてしまう箇所を、また見つけた」

クリスティアンが背後で嬉しげな声を漏らす。彼は両手でリリアの細腰を抱え直すと、抽挿を開始した。

「はぁっ、あ、あ、や、あ、あぁ……っ」

続け様に目も眩むような快感に襲われた。

「ふふ——そんな声を出しては、外に漏れてしまうぞ」

意地悪く言われ、リリアはハッとする。ここは食堂だ。人払いしたとはいえ、扉の外には給仕たちが待機しているはずだ。

「う、ぅ……ぁ」

はしたない声を抑えようと唇を必死で引き結んだ。しかし、背後からがつがつと腰を穿たれると、次々襲ってくる愉悦が胎内に溜まってしまい逃げ場を失い、どうしようもなくなってしまう。涙目でクリスティアンを振り返り、訴える。

「お、お願い、もう少し、ゆっくり……や、優しく、して……」

必死に訴えたのに、クリスティアンの表情がさらに凶暴そうに変化した。

「あなたは——そんな美しく淫らな顔をしてお願いされたら——っ」

彼はさらに容赦無く腰の速度を上げた。

「もっといじめたくなってしまう」

「ぅ、あ、あ……そ、そんな……ぁ」

リリアは目を見開き、間断なく襲ってくる悦楽に耐えようとした。しかし、あっという間にクリスティアンの与える劣情の嵐に巻き込まれ、気がつくと悩ましい悲鳴を上げてしまっていた。

「はぁあ、あ、だめ、あ、だめぇぇえ……っ」

リリアは銀の糸のように輝く長い髪を振り乱し、総身をわななかせた。激しい律動に、重厚な大理石のテーブルが小刻みに揺れた。

「あ、ぁ、こんな、あ、こんなの……おかしく……なって……」

灼熱の肉棒が熱く濡れた蜜壺を穿つたびに、目の前に快楽の火花が飛び散る。

「悦いんだね、リリア、感じているね。あなたが乱れると、中がぎゅうぎゅう締まって凄く悦いよ」

背後でクリスティアンが感じ入った声を漏らす。その濡れたコントラバスの声も、腰に直に響くようで、全身の毛穴が開いてしまうような気がした。

「あぁ、あ、は、や、あ、だめ、あぁ、だめ……に、なっちゃうっ」

クリスティアンに抱かれるたびに、自分の中の未知の性が目覚めていく。もう、無垢で無知で純情だった頃には戻れない。胎内に眠っていた淫らで貪欲なメスが覚醒して、リリアを内側から変えていく。

「可愛いよ、私のリリア。私だけのリリア」

クリスティアンは獰猛に腰を抜き差ししながら、リリアに覆い被さってきた。

「ああっ」

力の抜けた両手がずるずるとテーブルを滑り、背後からぴったりと折り重なるような形になった。

クリスティアンがリリアの汗ばんだうなじに顔を埋め、ちゅうっと強く吸い上げてきた。

「あぁうっ……」

ちりちりとした焼け付くような痛みすら、きゅんと子宮を甘く痺れさす。腰に回っていたクリスティアンの手が、乳房をまさぐり赤く尖った乳首に触れてくる。指で挟んで、こりこりと揉《も》み込《こ》んできた。

新たな強い刺激が下肢を襲い、下腹部のどこかが開き切ったような錯覚に陥る。

「ひぁ、あ、だめ、そこ、いじっちゃ……だめっ」

これ以上の快楽と刺激には耐えられないと、クリスティアンの身体の下で身を捩った。

「もう一つ、あなたのダメになる所がある」

クリスティアンが、耳元でぞっとするほど色っぽい声でささやく。そして、片手で乳嘴を摘み上げながら、もう片方の手が結合部に伸びてくる。彼がしようとしていることがわかり、リリアはいやいやと首を振った。

「あ、あ、だめ、だめ、そこだけは……っ」

だがクリスティアンは手慣れた動きで花芯を探り当て、愛液まみれのそこを指の腹でこの上なく優しくいやらしく撫で回してきた。

「きゃ、やぁあ、あ、あぁぁぁっ、だめぇえええっ」

全身を雷のように貫く鋭い喜悦と下腹部が溶けてしまいそうな重苦しい快感の応酬に、リリアは甲高い嬌声を上げてしまう。

「やぁ、あ、やぁあ、すごい、あぁ、すごい……のぉ」

クリスティアンがずん、ずんと子宮口の入り口まで突き上げるたび、否応《いやおう》なく達してしまう。堰《せ》き止《と》められていた官能の奔流が溢《あふ》れ出《だ》してしまい、止める術を知らない。リリアは艶声を上げ続けてしまう。

クリスティアンは雄々しい律動を繰り返しながら、リリアの薄い耳朶を甘噛みし、細い首筋に舌を這わせ、低い声を耳孔に送り込んでくる。

「悦いのか、リリア?　気持ち悦いか?」

「あ、はぁ、あ、い、い……」

身体中が熱く火照って、全身の神経が雄茎を深く呑み込んだ膣壁に集中する。飢えた獣のように、クリスティアンの与える快楽を貪ってしまう。

「いい子だ、可愛いリリア、これが好きか？」

「これ」という言葉と共に、太茎がずぐんと最奥を抉る。瞼の裏に媚悦の閃光《せんこう》が走る。

「す、すき……これ、好き……」

淫欲に支配されたリリアは、自分でなにを言っているのかも意識できない。

「リリア、好きか？」

「ああ好き、好き、好きぃ……」

感極まって甘く啜《すす》り泣《な》きながら答える。

「リリア、好きだ」

その言葉と共に、最後の仕上げとばかりに淫襞に深く押し入れたままぐちゅぐちゅと揺さぶられ、リリアは頭に絶頂の霞《かすみ》がかかってしまう。

「やぁあ、あ、あ、ぁ、も、あ、も、もうっ……」

快感の坩堝《るつぼ》となった膣腔が、脈打つ肉棒をぎゅうっと締め付けた。

「リリア――っ」

激しい息遣いと共に、クリスティアンの欲望が最奥でドクリと白濁の精を解き放つ。

「あぁ、あ、あ……ぁ」

残滓《ざんし》までたっぷりと蜜壺の奥に注ぎ込まれるのを感じながら、リリアはテーブルの上にぐったりと身を預けていた。

「――愛している、リリア。私だけのリリア」

酩酊した意識の中で、クリスティアンが耳元で愛の言葉をささやいたような気がした。でも、聞き間違いかもしれない、と思う間もなくすべての思考は闇に呑まれていった。


翌日の昼過ぎ。

神殿からヘルガが到着したとの知らせが、リリアの元へ届いた。

待ちかねていたリリアは跳ねるような足取りで、貴賓室へ急いだ。後ろからコヤンカがぴょんぴょん付き従う。お付きの侍女が息を切らしながら後を追う。

貴賓室に飛び込むと、ハンネスに付き添われたヘルガが、ソファに不安そうな顔で座っている。

傍《そば》にはスルホが立っていた。

「ああ、ヘルガ様！　お待ちしていました！」

リリアは歓声を上げて、ヘルガに飛びついた。

「まあ、リリア。リリアなのね」

ヘルガは嬉しげにリリアを抱きしめた。

「突然あなたがお城に上がってしまったので、とても心配していましたよ。でも、元気そうでよかったわ」

リリアもヘルガを強く抱き返す。

「ヘルガ様、私ね、クリスティアン王子殿下と結婚したんです」

「えっ――結婚ですって？」

ヘルガの驚いた様子に、リリアは説明した。

「その――法令が変わって神殿の人間も結婚も再婚も自由意志になったんです。それで、私……なぜか殿下に気に入られて求婚されたんです。私、思い切って受け入れました」

ヘルガはなにか納得したような顔になった。彼女はリリアの髪を労《いたわ》るように撫でる。

「そうだったの。それはおめでとう。ほんとうによかったわ。年若いあなたがあの神殿で一生を暮らすより、ずっとずっと良いことだわ」

「ありがとう、ヘルガ様――それでね私、殿下に、ヘルガ様を私のお話し相手係としてお城に住めるようにって、お願いしたの。ヘルガ様、ずっと私と一緒にいてください」

「リリア、私なんかのことまで――」

ヘルガの閉じた瞼が震えた。だが彼女はまだ決心がつかないようだった。

「でも――元女神が他所で暮らすことは、神殿の慣例を破ることになるわ」

「いいえ、ヘルガ様。これは受けるべきです」

ハンネスが口を挟んだ。

「聖なる場所とはいえ、昨今は地位の高い神官たちが幅をきかせ、神殿は金や権力まみれて腐敗しきっております。私はクリスティアン王子殿下と王子妃殿下に、どんどん神殿に風穴を開けていただきたい」

するとスルホも同意とばかりに口を開いた。

「ハンネス二級神官の言う通りです。神殿ばかりではなく、この国の澱《よど》んだ政治も浄化していただきたく、私は若い王子殿下と王子妃殿下のお二人に期待しております」

ヘルガは少し考えてからうなずいた。

「そうですね。私がリリアや王子殿下のお力になれるのなら、従いましょう」

「ああ嬉しい！　ヘルガ様、お部屋はもう準備できてるのよ。風通しのいい南向きのお部屋なの」

リリアはヘルガの手を握り、子どものように無邪気にはしゃいだ。

ハンネスとスルホは、そんなリリアを見て顔を見合わせ、笑顔になる。

「よかったな、スルホ。君と王子殿下のおかげだよ」

「いやハンネス。君が力添えしてくれたからだ」

二人のざっくばらんな会話に、リリアは思わずたずねた。

「お二人は——お友だち、ですか？」

スルホがうなずいた。

「実は、私とハンネスは同郷の幼馴染《おさななじ》みなのです。彼は法曹界へ私は政界へと、行く道は分れましたが、互いの目指す未来は同じ方向を向いています。その未来の先頭に、王子殿下と王子妃殿下がおられるのですよ」

「そ、そんな……クリスティアン様はともかく、私なんか——」

なんかが——と言おうとして、ハンネスとスルホが目を輝かせてこちらを見ているので、口を閉じた。卑下するより、彼らの期待に応えるよう頑張ろうと思い直したのだ。

こうして、ヘルガは城の一角に住み込むこととなった。たったひとりで神殿から外の世界に嫁いできたリリアにとって、気心の知れたヘルガが側にいてくれることは、とても心強いことだった。

毎日のようにヘルガの部屋を訪ねては、雑談に花を咲かせ、時には馴染みのツミツミゲームに興じたりした。

一方で、クリスティアンはリリアの願い通りに、学習やマナーやダンスやピアノの家庭教師を付けてくれた。

月曜日は歴史や語学、火曜日はマナー、水曜日はダンス、木曜日はピアノ、金曜日はマナー、とクリスティアンが作成した時間割に従って学ぶことになった。ただし、勉強時間は午後のお茶の時間までと決められ、朝晩の食事とお茶は必ずクリスティアンと摂ること、そして夜は彼と過ごすことにすべての時間を充てることを厳命された。

リリアは懸命に勉強に取り組んだ。

神殿では聖典しか読むことを許されず、神学以外の学びも固く禁じられていた。そのため、どの勉強も新鮮で楽しくて仕方なかった。リリアは乾いた地面が雨で潤うように、どんどん知識を吸収していった。

クリスティアンは常にリリアを優しく甘やかしてくれた。リリアの望むことはなんでも叶えようとしてくれるが、もともと慎み深いリリアは、自分から何か要求することは滅多《めった》になかった。

そして——毎晩、濃密に身体の隅々まで慈しまれ、官能の悦びはどこまでも深まる。

純白だったリリアの身も心も、クリスティアンの色に染められていく。

新しく生まれ変わっていく自分——それが嬉しくて仕方ない。

ただ、充分過ぎるほどクリスティアンには大事にされているのに、彼の本来の結婚の目的であろう女神の能力はいっこうに芽生える兆しがなく、それだけが後ろめたくてならなかった。

それで、ある朝の食卓の席で、クリスティアンに切り出してみた。

「クリスティアン様——私、もっとクリスティアン様のお役に立ちたいんです」

クリスティアンは紅茶を啜りながら、微笑ましそうに答える。

「あなたは、私の妻というだけで充分役割を果たしている。そんなことを気にしなくてもいいんだ」

その言葉は、古い慣習を打ち破るために例のない神殿の女神との結婚を成し遂げたので、もうリリアの役割は終わっているのだというふうに聞こえた。リリアはうつむいて小声で言う。

「でも、もっとあなたのために、なにかさせてください」

クリスティアンは頬を染めたリリアの健気な顔を、好ましげな笑みを浮かべて見た。彼は紅茶のカップを受け皿に戻した。

「そうか。では、私が毎朝執務室に出かける支度をする時に、最後のクラヴァットを結ぶ仕事をあなたに与えよう」

リリアは嬉しくて、ぱっと顔を上げた。

「毎朝ですね、やります！　やらせてください！」

元気よく答えてから、ハッと口ごもる。

「でも……クラヴァットなんて結んだことがないわ」

クラヴァットは男性の胸飾りだ。様々な結び方があるようで、クリスティアンの侍従はいつも粋なスタイルに結び上げている。あんなふうに格好良く結ばなくてはいけないのだ。

「では、やめるかい？」

クリスティアンがからかうような口調で言うので、かあっと頭に血が上った。

「やります！　明日から、やらせてください」

ムキになって答えると、クリスティアンは笑いながら立ち上がった。

「ふふ、わかった。明日から、楽しみにしている——では、お先に失礼するよ」

クリスティアンが食堂を出て行くと、入れ替わりにスルホが入ってきた。彼はリリアの家庭教師の一人の役目を受け持っていて、主に王家の歴史を教えている。

「王子妃殿下、そろそろ歴史のお勉強の時間ですよ」

「スルホ補佐官、私に教えてくださいっ」

リリアが勢いよく席を立った。膝に乗っていたコヤンカが、びっくりしてぴょんと床に飛び下りた。

スルホは目を丸くした。

「は、はい。なにをお教えしましょうか？」

「クラヴァットの結び方を！　今すぐに！」

「ク、クラヴァット？　これのことですか？」

スルホは呆気《あっけ》に取られたように、自分の胸飾りに触れた。

「そうです。その結び方を、一つだけでもすぐに覚えたいの。わ、私、明日からクリスティアン様のクラヴァットを結ぶお役目をいただいたの——だから……」

必死の形相のリリアに、スルホは合点がいったという顔になる。

「承知しました。では、まずは勉強室に参りましょう。侍従を一人連れて行きますから、その者で結ぶ練習をしましょう。今日は歴史の勉強はお休みです」

「わかりました！」

その日は半日かけて、リリアはクラヴァットの結び方を練習した。スルホが教えてくれたのは、一番簡単な結び方であったが、慣れないリリアは四苦八苦であった。締め過ぎて、モデルの侍従が息ができなくて目を白黒させる場面もあった。

翌朝、リリアは意気揚々とクリスティアンの支度室へ赴いた。

すでにクラヴァット以外の着替えを済ませたクリスティアンが、待ち受けている。

「リリア、では、最後の仕上げをあなたに頼むよ」

「は、はい。お任せください」

リリアは解けたクラヴァットを手にすると、クリスティアンに近づいた。

上背のある彼は、腰を屈めてリリアの手が首に届くような姿勢になってくれた。

「ええと……ここをこうして……」

リリアはクリスティアンの首にクラヴァットを巻き付けると、昨日さんざん練習して覚えた結び方を思い出そうとした。昨日は最後にはきちんと結ぶことができた。しかし、本番で緊張しているせいだろうか、途中でどう結ぶのかわからなくなってしまう。

「ええと、ええと……」

ああだこうだと手を動かしながら、ますます混乱してくる。

クリスティアンはじっと待っている。

「う、ええと……」

すると、侍従の一人が傍から遠慮がちに声をかけてきた。

「殿下、そろそろ執務室においでになりませんと。本日は外国大使との謁見もあります」

クリスティアンはぴしりと答える。

「待たしておけ」

リリアはますます焦ってしまう。最後には、自己流でどうにか結び上げてしまった。

「で、できましたっ」

額の汗を拭って、大きく息を吐いた。

「どれ」

クリスティアンは侍従に鏡を持たせ、出来栄えを見た。

「うん、なかなか斬新だ。気に入ったよ」

彼が機嫌良く言ったので、リリアはほっとした。しかし、どう見ても左右の結び方がちぐはぐで不《ぶ》恰好《かっこう》だ。あんな格好で外国の大使に謁見するのは、失礼に当たらないだろうか。内心冷や汗が出た。

クリスティアンはリリアの額に優しく口づけした。

「では行ってくる」

「い、行ってらっしゃいませ……」

リリアはクリスティアンを見送りながら、どうせ後で周囲の侍従たちがクラヴァットを結び直してしまうだろうと思った。

やはり付け焼き刃ではダメだったのだ。これからは、毎日練習して一刻も早く素敵に結べるように頑張ろうと心に決めた。

だが。

その日クリスティアンは「斬新な結び方」をしたクラヴァットで、ずっと過ごしたのである。そして、翌日もリリアに同じ結び方を要求した。

「この結び方は、『リリアスタイル』とでも名付けよう」

クリスティアンはよほどその結び方が気に入ったのか、名前まで付けてしまった。

王子殿下のお気に入りの結び方ということで、社交界では次第にそのスタイルが最新流行として広まっていったのである。

リリアにしてみれば、行き交う男性紳士たちが、どう見ても形の崩れたクラヴァットを意気揚々と結んでいるのを見ると、申し訳ないような嬉しいような複雑な気持ちになってしまうのだった。

城に上がって三ヶ月ほど経った、ある早朝。

リリアはお供の侍女と共に、城内の聖堂へ朝の祈りを捧げに向かう所だった。

結婚してからは、神殿での日課をする必要はなくなったが、日の出の時間の神への祈りだけは欠かさないようにしていた。

毎朝、国の平和とクリスティアンの息災を心を込めて祈ることにしていた。

聖堂へ続く廊下を歩いていると、ふいにダミ声で呼び止められた。

「おはようございます——王子妃様」

聖堂から出てくるラトゥリと、背後に従うハンネスの姿があった。

「あ——おはようございます、ラトゥリ準最高位神官様」

ここでラトゥリに鉢合わせるとは思わなかった。リリアはスカートを摘んで、優雅な仕草で挨拶をした。

「今朝はアーポ第一王子殿下にご用がありましてな。先に聖堂に祈りに参ったのですが」

ラトゥリが近寄ってくる。彼は不躾《ぶしつけ》な視線で、じろじろとリリアを見た。

「ふむ、そうしていると、もはや生まれながらの貴婦人のようですな。よもや誰も、白い結婚に失敗した女神になり損ねた女性とは思いもよらぬでしょうよ」

皮肉混じりな言葉に、リリアの繊細な心はずきりと傷んだ。

「失礼します、ラトゥリ準最高位神官様。私はお祈りの時間ですので」

リリアは頭を下げて、ラトゥリの横を通り過ぎようとした。すると、やにわにラトゥリは前に立ち塞がる。彼は身を屈めて、リリアだけ聞こえるように声を顰めた。

「王子妃様――いやリリア。女神の再婚が法的に可能になった今、お前に相応しい結婚相手はほんとうは私だ。純白の女神は神官と結婚して、神殿に国の守護神としておさまっているべきなのだ」

ラトゥリは、神殿にいた頃の居丈高な口調でリリアに言い募る。

「神官と結婚すれば、きっとお前の神秘の能力も覚醒しよう。それこそが、お前の存在意義なのだ。王子妃になって安穏と暮らすことではないだろう？」

恫喝するような物言いに、リリアは震え上がって声も出ない。

「ラトゥリ準最高位神官様――もう参りましょう」

背後に控えていたハンネスが気遣わしげに声を掛けてきたが、ラトゥリは聞く耳を持たない。さらにリリアに顔を寄せ、ざらざらした耳障りの悪い声でささやく。

「今のままでは、お前は王子殿下にとってなんの利用価値もない。王子殿下は、珍しい毛色の変わった玩具《おもちゃ》でも手に入れたかったのだろう。その無垢な身体に飽きられたら、捨てられる末路が待っておるぞ。城を追い出されたら、役立たずのお前は路頭に迷うだけだ」

「っ……」

酷薄な言葉に、まるで耳孔から毒液でも流し込まれているような気がした。

怯え切っているリリアに、さらにラトゥリが言い募ろうとした時だ。

足元を、さっと白い弾丸のようなものが走り抜けた。コヤンカだった。

コヤンカは見事な跳躍で、ラトゥリの顔に飛び蹴りを喰《く》らわせた。

「わっ」

ふいをつかれて、ラトゥリが後ろへよろけた。コヤンカはリリアの前に後ろ足立ちして、毛を逆立ててぷっぷっと鼻を鳴らして威嚇する。

「なんだこのチビはっ」

ラトゥリがコヤンカを足蹴にしようとした。

「だめっ、コヤンカっ」

リリアは咄嗟《とっさ》にコヤンカの上に覆い被さった。

「やめるんだ――ラトゥリ準最高位神官」

背後から凛とした声が響いた。

ハッと振り返ると、すぐそこにクリスティアンが立っていた。乗馬服姿だ。彼は毎朝、王家直属の騎馬兵団の教練に参加する。その時間帯に、リリアは祈りを捧げに行くことにしていたのだ。いつもならば、その教練に出ているはずだった。

「で、殿下――」

ラトゥリが色を変えて、慌てて最敬礼する。

リリアがコヤンカを抱き上げて立ち上がると、クリスティアンは素早く前に進み出た。彼はリリアを広い背中で庇うようにした。

そしてクリスティアンは、地を這うような恐ろしげな声で言った。

「いくら不可侵な神殿の神官様といえ、私の妃にあまりに馴《な》れ馴《な》れしい態度ではないか？」

低く下げたラトゥリの頭髪の薄い頭が、みるみる真っ赤になった。

そこへ、すかさずといったようにハンネスが進み出て口を挟む。

「誠に失礼いたしました王子殿下、王子妃殿下。我々はここで失礼させていただきます。さあアーポ殿下がお待ちです。行きましょう、ラトゥリ準最高位神官様」

「む――失礼する」

ハンネスに促され、ラトゥリは苦々しい表情のままその場から歩き去って行った。

クリスティアンは彼の後ろ姿を険しい眼差しで睨んだ。

「彼の父のラトゥリ最高位神官殿は、立派な人格者であったが、息子は父の威を借る狸《たぬき》おやじにすぎぬな」

彼は吐き捨てるように言うと、壁際で怯えて縮こまっていたリリア付きの侍女に命令した。

「廊下の向こうでラトゥリ準最高位神官が戻ってこないよう、見張っておけ」

「御意」

侍女があたふたと廊下の向こうへ走っていく。

それを見届けてから、クリスティアンはくるりと振り返った。リリアの全身を入念に調べるような眼差しを向ける。

「乱暴なことなどされてはいないだろうな？　大丈夫か？　リリア」

力強いクリスティアンの声に緊張がみるみる消え去った。

「は、はい……でも、どうしてこちらへ？」

「教練に出る支度をしてたら、居間にいたコヤンカが、急にものすごい勢いで扉に体当たりをし始めたんだ。開けてやると、一足飛びに聖堂の方へ走っていく。おそらく、あなたになにか危機が迫っているなと、悟った」

「それで、教練に行かずに？」

「そんなものより、あなたの身が大事だ」

クリスティアンがぐっとリリアの肩を引き寄せ、胸に抱き締める。

「あなたに害する者は、神だとしても許さぬ」

広い胸に抱かれると、心底ほっとした。

「なにかよからぬことでも言われたか？　ずいぶんと怯えて見えたぞ」

ラトゥリの言葉は、クリスティアンの耳には届いていなかったようだ。

「い、いいえ……ちょっと私の挨拶の仕方が悪かったようで、お気に障ったみたいで……」

ずいぶんと悪意あることを言われたが、クリスティアンに関わることなのでとても口にはできなかった。

「そうか？　しかし、油断も隙もない。これからはあなたにもっと護衛を付けるべきだな」

「でも——この子が助けてくれました」

リリアは腕の中のコヤンカを優しく撫でた。目は見えないが、その鋭い聴覚でリリアの危機を察してくれたのだ。

「ウサギは弱い者の象徴に例えられるが、こいつは本当に勇敢だ。きっとあなたの真心が通じているのだろう」

クリスティアンも感心したようにコヤンカを撫でた。二人の手が触れ合う。

その時だ。

触れ合った部分からなにか熱い熱量を感じて、リリアはハッとする。

「あっ？」

「どうした？」

クリスティアンはなにも感じていないらしく、怪訝そうな顔をする。しかし、リリアの指先に生まれた不可思議な熱はじわわじと全身に広がっていく。そして、掌がぼうっと光り始めた。

「あっ……？」

生まれて初めての出来事だったが、リリアは本能的に察知した。

女神の能力が覚醒したのだ。

なにかを治癒する能力が芽生えた気がした。掌が、吸い寄せられるようにコヤンカの目の上に移動した。

「あ、あ」

感じる。コヤンカの目を再生させる力が、働いていると。全身が熱くなり、一瞬、意識が消えた。

「リリア？　大丈夫か？」

リリアの異常な状態に、クリスティアンが気遣わしげに顔を覗き込んだ。

リリアはふっと我に帰る。

そっと掌を離した。

コヤンカが目を瞬く。

そして、閉じっぱなしだったコヤンカの目が、ぱっちりと開いたのだ。美しい珊瑚《さんご》色の瞳がじっとリリアを見つめた。その赤い瞳に小さくリリアの顔が映っている。

「これは？」

クリスティアンが驚愕した声を出した。

リリアは頬を紅潮させてクリスティアンを見上げた。

「クリスティアン様、治りました。コヤンカの目が治ったんです！」

「なんということだ――」

クリスティアンが声を失う。

リリアは感動で胸がいっぱいになった。

「どうやら、目を治癒する能力が芽生えたみたいです！　ああ、嘘みたい！」

コヤンカはぴょいとリリアの腕から床に飛び下り、初めて見る景色に興奮したようにあたりをぐるぐると回った。

「まさか、こんな時に――」

クリスティアンは口の中でつぶやくと、リリアの手を取った。

「こちらへおいで。確認したい」

彼は王家専用の通路を抜け、城内の馬場に出た。後ろからコヤンカがぴょんぴょん付いてくる。

厩舎《きゅうしゃ》に導かれる。無数の騎兵用の馬たちがそれぞれの小屋に繋がれている。リリアはこんなにたくさんの馬を見るのは生まれて初めてだった。

厩舎の藁《わら》を替えていた馬番の侍従たちが、突然現れたクリスティアンに驚いたようにその場に平伏した。

「で、殿下！　それに王子妃様も、こんなむさ苦しいところに⁉」

クリスティアンは手で侍従たちに立ち上がるように促した。

「礼などよい。確か奥の小屋に、破傷風で失明した馬がいたな。あれをここへ」

「御意」

侍従たちが厩舎の奥へすっ飛んでいき、一頭の馬に手綱を付けて引いてきた。栗毛《くりげ》の美しい馬だが、両目は白く濁っていた。クリスティアンは手綱を受け取ると、リリアを促す。

「こいつの目に触れてみろ」

近くで見る馬がこんなに大きいとは思いもしなかった。少し怖い。でも、その濁った目はいかにも痛々しい。

「は、はい……」

そろそろと近寄る。クリスティアンが馬首を下げてリリアの手が頭に届くようにした。両手を差し出して馬の両目に当て、心の中で強く念じてみる。

（癒やせ、癒やせ）

しかし――先ほどコヤンカで起こったような熱も発光現象も現れない。無論、馬の目は同じ状態だった。

「ああ……だめです。できません……」

リリアはがっかりした。さっきは、たまたまなにかの奇跡が起きただけだったのか。せっかくクリスティアンの役に立てると思ったのに――。

しょんぼりうなだれると、クリスティアンが片手で優しくリリアの頭に触れた。

「気にするな。そんなたいそうな能力など、あなたに必要は――」

刹那、リリアは雷に打たれたような衝撃を受ける。身体が熱くなり、馬の両目に当てていた掌がかすかに光ってくる。先ほどの治癒能力が芽生えた感覚と同じだ。

「あ、あ……」

白く濁ってた馬の目にみるみる色が戻り、つぶらな黒い瞳が蘇った。馬がぶるると嘶《いなな》いた。そして嬉しげに前足で地面を掻《か》く。

その場のいた侍従たちが唖然としている。

「目が、治った?」「奇跡か⁉」「女神様のお力か⁉」

クリスティアンとリリアは顔を見合わせた。

リリアは確信した。

「私――クリスティアン様が触れておられる時だけ、治癒能力が目覚めるみたいです」

クリスティアンは考え深そうな顔になる。

「私とあなたが共鳴しているのか。私の中のなにかの力が、あなたの能力を刺激するのかもしれない」

リリアは内心、自分がクリスティアンに強く恋焦がれているせいではないかと思ったが、そんなことはとても口にすることはできなかった。

クリスティアンの補助が必要だとしても、治癒能力が使えるようになったことは無上の喜びだった。

「クリスティアン様、私、やっとお役に立てるようになりました」

目を輝かせてクリスティアンを見上げたが、彼はなぜか複雑な表情だ。

「お前たち、ここでの出来事を口外することはならぬ。よいか？」

クリスティアンに強い口調で言われた侍従たちは、畏《かしこ》まった。

「御意」

「リリア、行こう」

クリスティアンは少し強引にリリアの腕を取って、城内へ戻った。そして、そのまま夫婦の部屋に連れ込まれた。

二人でソファに腰を下ろすと、クリスティアンはなにかじっと考え込んでいる。

「あの……クリスティアン様？」

リリアの女神としての能力の覚醒に、彼がもっと喜んでくれると思った。それなのに、なんであんなに怖い顔をしているのだろう。

「リリア――あなたの能力が目覚めたことは喜ばしい」

クリスティアンはおもむろに口を開いた。

「だが、このことは今しばらく公にしないでおこう。治癒の能力も当分は使わないようにしてくれ」

「えっ？　なぜですか？　私がお役に立てる時が来たのに……」

「リリア、よく聞くんだ」

クリスティアンはリリアの両手を握り、子どもに言い含めるような口調で言う。

「女神の治癒能力は、とても素晴らしくて有益だ。それだからこそ、これまでは白い女神は、神殿の奥深くに厳重に守られてきたんだ。だが、あなたは今は私の妻、王子妃だ。外部の人間と接触する機会も多い。それは――あなたがさまざまな人間から狙われる機会も、増えたということなんだ」

「私を……狙う？」

そんなことがあるのだろうか。世間知らずのリリアには、まだピンとこなかった。

クリスティアンは憂い顔になった。

「悪いが、わかってくれ。今はあなたの身を守りたいんだ」

彼の真摯な表情にリリアは胸を打たれる。クリスティアンはそう望むのなら、言う通りにしよう。

「――わかりました」

　クリスティアンが表情を和らげた。

「いい子だ。すべてはあなたのためだからね」

　クリスティアンがリリアの髪を優しく撫でた。コヤンカがぴょいとリリアの膝の上に飛び乗り、くりくりした赤い目で二人を交互に見上げる。愛らしい仕草に心が和んだ。リリアはコヤンカの背中を撫でてやりながら、治癒能力が覚醒した時から考えていたことを口にした。

「あの……ひとつだけお願いがあるのですが」

「なんだい？　あなたの望みならなんでも叶えるよ」

「ヘルガ様のところへ一緒に行ってくださいますか？　あの方の目の治癒だけはお許し下さい。ヘルガ様だけはお救いしたいの」

　リリアのまっすぐな視線に、クリスティアンは目を細めた。

「あなたは――人のことばかり考えているのだな。わかった」

　クリスティアンはリリアの右手をそっと握った。

「ヘルガ聖女殿の部屋へ行こう」

「はいっ」

　クリスティアンの突然の訪問に、ヘルガは驚いたようだが、リリアが治癒能力に覚醒し目を癒やしに来たと話すと、感激のあまり涙を流した。

「王子殿下、リリア――王子妃殿下。私のような者のために、わざわざ――」

リリアは椅子に座っているヘルガに歩み寄り、そっと両手で彼女の顔に触れた。

「ヘルガ様、これまでずっと私に優しくして励ましてくださって、感謝しています。今こそ、私があなたのお役に立つ時です」

クリスティアンも声をかけた。

「ヘルガ聖女殿、リリアのたっての希望だ。どうか、癒やされてくれ」

「は、はい――」

ヘルガは顔を上げる。

リリアは閉じた両瞼の上に両手をそっとあてがう。背後からクリスティアンが近づき、リリアの肩に手を置いた。彼が触れた部分の肌が、じわっと熱くなる。

リリアは掌に念を込めた。

ぽうっと掌が光り出す。

（癒やせ、癒やせ）

リリア心を込めて念じた。

ヘルガの身体がびくりと震え小さく声を上げる。

「あ――っ」

リリアはそっと両手を離した。

「ヘルガ様――目を開けてみてください」

「リリア――」

ヘルガがそろそろと瞼を開けた。リリアと同じ、ルビー色の瞳が現れる。

ヘルガが二度三度と瞬《まばた》きした。

「眩しい――」

「見えますか？」

移ろっていた視線が、リリアの顔に向けられた。ヘルガが涙目になり声を震わせる。

「ああリリア――あなたは私が思っていたより、何倍も清らかで美しいわ」

リリアの目にも涙が浮かんだ。

「ヘルガ様！　見えるのね？　私が見えるのね？」

「見えるわ、リリア、何もかも見えるわ！」

「ヘルガ様っ」

二人はひしと抱き合った。

クリスティアンも感動の面持ちで二人を見ている。

しばらく喜びを分かち合うと、ヘルガはリリアの手を握って、ゆっくりと立ち上がった。そして、クリスティアンの前に恭しく跪いた。

「王子殿下、感謝します。このご恩は一生忘れません」

「私はなにもしていない。すべては、リリアの力だ。感謝は彼女だけのものだ」

ヘルガが声を詰まらせる。

「殿下——でも見えるようになった今、私はお二人のために、王家のためにお役に立ちたいです」

「気遣いは無用だ、ヘルガ殿」

「いいえ。どうかお願いです。殿下、私に——国王陛下のお側《そば》で介護するお役目を、与えてください」

「父上の？」

「はい。国王陛下は、未亡人になって女神の位を下り視力も失った私を、手厚く保護してくださいました。陛下がずっと臥せっておられるとの噂《うわさ》は、神殿の深層にいる私の耳にも届いておりました。ずっと私は陛下のご容体が気がかりでございました。私にも、かつては治癒能力がありました。もういくばくかの力にもなれないかもしれませんが、どうか、陛下のお世話をするお役目をお与え下さい」

ヘルガの懸命な懇願に心打たれたリリアは、クリスティアンを見遣った。

「クリスティアン様、私からもお願いします。私たち女神はもともと、人の役に立つことが使命なのです。ヘルガ様の願いを、聞き届けてくださいませ」

クリスティアンがうなずいた。

「わかった。では、ヘルガ殿に父上の世話係の役目を与えよう。毎日三時間、父上の身の回りの世話をお願いしてもいいだろうか？」

ヘルガは胸の前で両手を組んで、最上の感謝の意を見せ、ほろほろと涙を零した。

「ありがとうございます！　ありがとうございます！」


翌日のことである。

クリスティアンの朝の支度の際に、いつもようにクラヴァットを結んでいた時だ。

侍従が支度室の外から慌てたように声を掛けてきた。

「殿下、ラトゥリ準最高神官様が緊急のご用だとか――」

クリスティアンはかすかに眉を顰めたが、

「入れろ」

と答えた。

「殿下、失礼しますぞ」

血相を変えた様子で、ラトゥリが入ってきた。

彼は、リリアがクリスティアンのクラヴァットを結んでいるところを見ると、さらに苦々しそうな表情になる。

「殿下、昨日ヘルガを国王陛下の世話係に任命したとか――」

リリアが手早く結び終えたので、クリスティアンは身を起こしラトゥリに向き直った。

「その通りだ。あの方の目が幸いにも回復したので、なにか役目を与えようと思ってな」

クリスティアンは、ヘルガがリリアの治癒能力で視力を取り戻したことは伏せた。

「し、神殿から私の許可なく勝手にヘルガを呼び寄せ、あまつさえ陛下のお側に置くなど、神殿に対する冒涜《ぼうとく》ですぞ！　神殿の者は一生神殿に属するのです！　いくら殿下でも越権行為と言わざるを得ません！」

ラトゥリは額に青筋を立ててわめき散らした。

「ほお、私に神罰でも下るのか？」

クリスティアンは平然として答える。彼は鋭い視線でラトゥリを睨んだ。

「私も神のご意思で、父上のように意識混濁にでもなるというのか？」

ラトゥリの顔が青ざめた。

「お、お言葉の意味がわかりかねます」

リリアは二人の険悪な空気に、心臓が縮み上がりそうになる。

その様子に気がついたクリスティアンは身を屈め、リリアの頬にそっと口づけした。リリアに向ける顔はあくまで優しい。

「では、私は執務に出るよ」

「行ってらっしゃいませ」

リリアは慌てて彼の頬に口づけを返した。

クリスティアンは侍従からサーベルを受け取り腰帯に差すと、固い声でラトゥリに言った。

「ヘルガ殿は元女神で、回復能力をお持ちだった。父上の介護には最適な人材だと私は思う。神殿は神聖で不可侵な場所ではあるが、その権力は行き過ぎてはならぬ。これからは、神殿ももっとひらけるべきだと私は思う。話はそれだけだ」

クリスティアンはくるりと背を向け、支度室を出て行ってしまった。

残されたラトゥリは、怒り心頭の様子だ。リリアは、気を遣って彼に声を掛けた。

「ラトゥリ準最高神官様。殿下は、決して考えなしで行動なさることはありませんから」

ラトゥリはおもむろにリリアに顔を振り向けると、地を這うような恐ろしい声で言った。

「元は女神になり損ねた忌むべき者が、殿下の寵愛《ちょうあい》をかさに、私に意見するか」

リリアは声を呑む。神殿にいる時から、ラトゥリはキレやすい人物で一度怒ると手がつけられないところがあった。萎縮したリリアに、彼は傲岸に言った。

「まあ、いい気になっているがいい」

ラトゥリは、踵《きびす》を返してその場を後にした。

リリアは胸のざわつきが収まらず、しばらくその場に立ち尽くしていた。


後日、ヘルガはクリスティアンの案内で、国王陛下が臥せっている城の奥の特別室へ案内された。

リリアもクリスティアンにお願いして同行した。嫁いできて以来、国王陛下の病状は思わしくなく、まだ一度もお目にかかったことがなかったのだ。

特別室の前には武器を構えた近衛兵が何名も立ち、厳重な警備が敷かれてあった。

クリスティアンは、扉を開ける前にリリアとヘルガに沈痛《ちんつう》な声で言った。

「父上の病室には、お抱えの医師と看護師、そして王家の者しか入れない。父上はずっと意識が朦朧《もうろう》としており、病状は予断を許さない状況だ」

病室の中は広く清潔で風通しもよく、快適に保たれている。

中央のベッドに、医師と数名の看護師に囲まれて国王陛下が横たわっていた。

「父上──」

クリスティアンに枕元に近づき、小さく声を掛ける。リリアはクリスティアンの背後から、そっとベッドに目をやった。ハッと息を呑む。国王陛下は目を閉じて眠っているようだった。ひどく痩せて顔色も悪い。

意識がはっきりしない国王陛下は、クリスティアンの結婚のこともまだ知らないままだという。両親の存在を知らないリリアにとって、義理の父になる国王陛下の衰弱した姿にひどく心が痛んだ。

ヘルガが遠慮がちに近づいてきた。

「お顔を拝見しても、いいでしょうか？」

「どうぞ」

クリスティアンは後ろに下がって場所を空ける。

ヘルガは枕元に立ち、じっと国王陛下の顔を見つめた。ルビー色の目に涙が溢れる。

「おいたわしい――」

リリアはヘルガの声に、なにか特別な感情が含まれているような気がした。

ヘルガはクリスティアンを振り返り、きっぱりと言う。

「全身全霊で、陛下のお世話をさせていただきます」

クリスティアンはうなずく。

「お願いする」

ヘルガを病室に残し、クリスティアンとリリアは退出した。リリアは扉が閉まる前に、ヘルガを振り返った。彼女は微動だにせず、国王陛下の寝顔を見つめていた。

その夜、寝る支度をしコヤンカを抱いて夫婦の寝室に赴くと、すでにクリスティアンがベッドに腰を下ろして待っていた。彼は軽く腕組みをして何か物思いに耽《ふけ》っているようで、すぐにはリリアの訪れに気が付かないでいた。

「クリスティアン様？」

小声で呼びかけると、彼はふっと夢から覚めたようにこちらに顔を向けた。

「ああ、すまない、少し考え事をしていた——ここにおいで」

クリスティアンが両手を広げて招いたので、遠慮がちに彼の腕の中に抱かれ膝の上に座る格好になった。それは、リリアはコヤンカを膝に抱き上げて撫でる仕草とよく似ていた。

クリスティアンはリリアの髪を優しく撫《な》で付けながら、ぽつりぽつりと話し出した。

「私は正妃に厭《いと》われていて、幼い頃からずっと城から離れた別宅で暮らしていたんだ。母とは生まれた時に引き離されたので、とても孤独だった」

「そうなのですね……」

リリアはスルホからクリスティアンの幼年時代の境遇についてはすでに聞かされていたが、内密にと念を押されていたので素知らぬふりを通すことにした。それに、クリスティアンが自分の過去を語ることは、これが初めてだった。それだけリリアに心を許し始めているのかもしれない。

昼間、国王陛下を見舞ったことで、彼の心が過去に引き戻されたのだろうか。

「だから、正妃が亡くなり、父上に城に呼び戻された時、私はとても嬉しかった。父上がほんとうは私のことをとても気にかけていてくれたと知って、父上への愛情はさらに深まった。父上のためにも、第二王子としてこの国のために役に立ちたいと強く思い、そうなるように努力を怠らずにここまできた。それなのに、父上はずっと重篤の状態のままだ。言葉を交わすことすらできない――とても辛い」

「……クリスティアン様」

クリスティアンが弱音を吐くなんて、滅多にないことだ。いつだって、彼は凛凛《りり》しく勇敢で自信に溢れていた。でもそれは、国政を背負う身としての表向きの姿で、ほんとうは繊細で情緒豊かな人なのだ。リリアはクリスティアンの横顔をじっと見た。

側のテーブルに置かれた燭台《しょくだい》の灯りに照らされた白皙の横顔に、孤独だった少年時代の面影が宿っているような気がした。

その時、頭のどこかでなにかの記憶がちらりと閃《ひらめ》いた、ような気がした。

クリスティアンをずっと昔から知っている？　――だが、その記憶の断片はあっという間に消え去り、なにも思い出せなかった。

リリアは細《ほ》っそりした両手を伸ばし、クリスティアンの艶やかな髪に触れる。クリスティアンがこちらに顔を向けた。思わず、リリアはクリスティアンの頭をぎゅっと抱え込んだ。

「ずっとひとりぼっちで、お寂しかったのですね……私もそうでした。神の子として神殿でたくさんの大人に囲まれて大事にされていましたが——とてもとても寂しかったの」

「リリア——」

リリアはあやすようにクリスティアンの髪を指で梳き、鋭角的な男らしい頬にそっと唇を押し付けた。そのまま、彼の顔中に口づけの雨を降らせる。

クリスティアンはリリアにされるがままになっていた。

「でも、今は二人です。辛いことも苦しいことも、半分こできます。私では、クリスティアン様のお心の穴を埋めることはできないかもしれませんが、でも、少しでも私で慰めることができれば……なんでもしたい」

リリアの胸に、クリスティアンへの愛《いと》おしさが溢れてくる。

首筋、はだけた胸元からのぞく鎖骨へと、ゆっくり唇を這わせていく。手を下ろして、クリスティアンの寝巻きの前釦をゆっくり外していく。

引き締まった胸が現れると、そこにも口づけをしていく。

少し汗ばんだ男の肌の匂いが、ひどく扇情的だ。

どくんどくんと力強い彼の鼓動を感じる。心臓のあるあたりを唇で辿り、小さな乳嘴に行き当たる。

そっとそこに舌を這わせてみる。

「っ——」

クリスティアンがかすかに息を乱した。

男性もここが感じるのだろうか。

リリアはおずおずと乳輪の周りを舐めてみる。それから、舌先でちろちろと小さな乳首を弾いてみた。

ぴくりとクリスティアンの身体がおののいた。

「リリア――」

低く背骨を撫でるような色っぽい声で名前を呼ばれ、リリアは潤んだ瞳で彼を見上げる。熱を孕んだ青い目と視線が絡むと、心臓が破れそうなほどドキドキと音を立て始めた。

彼の両手がそっとリリアの顔を包んだ。そして、お返しとばかりに唇に啄《ついば》むような口づけを繰り返した。

「あなたの言う通りだ。私はもうひとりぼっちではない」

唇がそっと触れ合う感触は、いつもとても懐かしい気がしていた。口づけはクリスティアンとしかしたことがないのに、かつて遠い昔、どこかで知っていたような――でも、きっと思い違いだろう。

そっと唇を離したクリスティアンは、気持ちのこもった声でささやく。

「可愛いリリア、ミナヴァルコカニン、私の白ウサギ――好きだよ」

「っ……」

心臓が痛いくらい激しく打ち付ける。

好きって——どういう意味？　リリアは混乱する。

クリスティアンは白ウサギが好きだから、リリアがコヤンカに対して感じているような気持ちだろうか？　それとも、もっと深い意味があるのだろうか。いや、それは自惚《うぬぼ》れすぎだ。

リリアは全身がかあっと熱くなる。

私はあなたを愛しています。好きよりずっと愛している。

そう告白したい。

でもそんな重い告白をして、クリスティアンの負担になりたくない。

コヤンカと同じ扱いでもいい。好かれているのなら、もうそれで充分だ。

「わ、私も、クリスティアン様のことは、す、好きです」

しどろもどろに応えると、クリスティアンがなぜかせつなそうな表情になる。

「好きって、どのくらい？」

そんな質問をされるとは思っていなかったので、焦ってしまう。うろたえながら、口走る。

「え、えと……コヤンカよりもっと好き、です」

クリスティアンが苦笑した。

「そうかコヤンカより——嬉しいよ」

子どもっぽい言い方だと思われたのだ。もうそれ以上告白する勇気は出なかった。真っ赤になってうつむいてしまう。するとクリスティアンは背中に手を回し、抱きしめてくる。

「苦しいことも悲しいことも半分こ。では、楽しいことや気持ちいいことは――?」

「え?」

きょとんとして見上げると、クリスティアンは目を細めて見返してきた。そんな顔をする時は、彼が劣情をもよおしていると、もうリリアにもわかっていた。視線だけで下腹部がじくりと疼いてしまう。

クリスティアンが耳元で艶めいた声でささやく。

「楽しいことや気持ちいいことは、二倍になる」

ぞわっと腰の奥が痺れる。

気がつくと、お尻の辺りに彼の欲望がごつごつと当たっている。慌てて腰をずらした。

クリスティアンが吐息で笑う。

「逃げるな」

「や、だって……」

クリスティアンが薄く笑い、薄い寝巻き越しにリリアの乳房のあわいに口づける。興奮に尖り出した乳嘴を探り当てられ、咥え込まれた。

「んっ……」

じくんとした悩ましい疼きが下肢に走り、身じろいでしまう。

「さっき、私のを舐めてくれたろう？　なかなか心地よかったぞ。だから、お返しだ」

クリスティアンがちゅっと乳首を吸い上げた。むず痒い愉悦が走り抜け、びくりと肩が竦んだ。

「は、あん、や……」

「もうそんな甘い声を出して——すっかり感じやすくなったね」

クリスティアンはちゅっちゅと音を立てて、布越しに乳首を吸い上げた。唾液で濡れた布がぺったりと肌に貼り付く感触が猥《みだ》りがましく、いつもよりさらに気持ちが昂るのが速い気がした。

「ん、んぁ、あ……ぁ」

存分に乳首を舐めしゃぶったクリスティアンの濡れた唇が、ゆっくりと這《は》い上がり、細い首筋を辿り薄い耳朶に迫る。

「はあ、や、だめっ……」

リリアは身を引き剥《ひは》がそうとした。耳朶の辺りを刺激されると、震えがくるほど感じてしまうのだ。

「だめだ、逃さない」

クリスティアンは含み笑いをし、薄い耳朶をぱくりと口腔に咥え、耳殻に舌を這わしてきた。

「ひぁうっ」

ぞわぞわっと背中が震撼《しんかん》する。擽ったくて逃げたいのに、もっとして欲しいような気持ちも突き上げてくる。ねろりと耳の後ろを舐められると、子宮の奥がきゅーんと痺れて、それだけで軽く達してしまいそうになった。

「可愛い耳だ、薄くて柔らかくて感じやすくて、食べてしまいたい」

クリスティアンがいやらしい言葉を熱い息と共に耳孔に吹き込み、全身の血が熱く沸き立つような気がした。

耳を舐め回しながら、クリスティアンの手は手際良くリリアの寝巻きを剥いでいく。

「あ、ぁ」

真っ白い裸体が露わになり、クリスティアンの手が全身を這うように撫で回していく。丁重な愛撫《あいぶ》に、欲情した肌が薄くピンク色に染まっていく。

「綺麗だ、純白の肌が朝咲きの睡蓮《すいれん》の花のように色づいていく。ぞくぞくするほど、美しい」

「ん、ん……は、恥ずかしい……です」

クリスティアンの手で開花された肉体は、容易に欲情して、触れられてもいない秘所はすっかり濡れそぼっている。そこにも触れて欲しくて、誘うようにおのずと膝が開いてしまう。

けれどクリスティアンは素知らぬそぶりで、リリアの背中から横腹を撫で回し、腰までくるとふっと避けて上がって行ってしまう。

「ああん……っ」

思わず焦ったそうな声が漏れてしまう。

「秘所も、触って欲しい？」

ずばり聞かれて、恥ずかしさも忘れてコクリとうなずいていた。

「ふふ、素直なあなたはとても可愛い——でも、触ってあげない」

「え？」

意地悪く言われ、潤んだ瞳で恨めしげに彼を睨んでしまう。

「自分で、触ってごらん」

「っ……」

「自分で気持ちよいところを探すんだ」

そんな恥ずかしい行為をしたことはない。

「う、や……」

躊躇していると、クリスティアンは耳朶を甘噛みしながら疼き上がった乳首をきゅっと捻《ひね》り上げてきた。

「ひあっんんっ」

やるせない刺激が媚肉をきゅんきゅん収縮させ、さらに官能の飢えが強くなる。

「ほら」

クリスティアンがリリアの右手を取って、彼女の股間に誘う。人差し指を綻びかけた花弁のあわいに導かれ、鋭敏な尖りに強引に触らせられる。

「んんっ」

ぬるつく淫らな快感に、腰がびくんと浮いた。クリスティアンがリリアの指をぬるぬると上下に動かしてみせる。それから手を解放した。

「こうして、気持ちよくしてごらん」

「ん、あ、ぁ……こんなことはしたないこと……」

「自分の身体を知ることは、少しもはしたないことではない。それに、はしたないあなたを知っているのは、私だけだ」

秘密めかしてささやかれると、背徳的な気持ちがぞくぞく興奮を煽ってくる。

「ん、ふ……ぁん」

ぬめった指でまだ柔らかい花芽を転がすと、痺れるような愉悦と共にそこがみるみる膨れてくるのがわかった。いつもクリスティアンは、リリアの性感の塊を巧みな指捌《さば》きで撫で回し、あっという間に高みへ追い上げるのだ。目を閉じて、彼の指の動きを思い出そうとする。

「はぁ、は、あ、んん……」

ぱんぱんに膨らんだ肉粒を、触れるか触れないかの力で円を描くように撫でさすると、強い刺激がそこを中心に全身に広がっていく。

媚肉がさらなる刺激を求め、勝手に腰がくねってクリスティアンの漲《みなぎ》りを擦り立ててしまう。それがまた気持ちよくて、恥ずかしさも忘れ、陰核をいじりながら腰を振り立てた。溢れてくる愛蜜で、自分の股間ばかりがクリスティアンの下腹部もぐっしょり濡らしてしまう。

「は、はぁ、だめ、もう……」

リリアは切迫した表情でクリスティアンを見つめた。

「お願い、クリスティアン様……欲しい……」

クリスティアンが同じような表情で見返してきた。

「そのまま、自分で達《い》ってごらん。そうしたら——」

ねっとりした声で言いながらクリスティアンは寝巻き前をはだけ、すっかり屹立した剛直を露わにした。

「ご褒美にこれをあげる」

「あ、あ、ぁ、あ……」

見事に反り返った肉棒を見ただけで、蜜壺がきゅうんと甘く痺れた。

秘玉を刺激する指の動きが止められない。指の腹で膨れた花芽を押さえ、小刻みに揺さぶる。強い快美感が脳芯まで走った。

「あ、あ、だめっ、あ、達く、あ、達っちゃうぅ……っっ」

リリアはあえかな喘ぎ声を上げながら、自分の指で絶頂を極めてしまう。肌が粟立ち、全身に汗が噴き出した。

「いい子だ、ちゃんと達けたね」

クリスティアンはくたりと力が抜けたリリアの身体を抱き抱え、開いたリリアの股間を自分の屹立の上へ誘った。

「このまま、ゆっくり腰を下ろすんだ」

「あ、あぁ、あ……そんな……」

自分から動くなんて――と恥じらいつつも、胎内は彼が欲しくて灼《や》けつくように熱くなっている。もう欲望に忠実に動くことしかできない。

「んん……ん」

蕩け切った蜜口に、硬くそそり勃った怒張の先端をあてがうと、その熱い感触だけで軽く絶頂に飛びそうになった。

「は、あ、あ、あぁぁ、熱いのが、いっぱい……」

みちみちと内壁を限界まで押し広げて太竿が侵入してくる感覚に、腰がぶるりとおののく。

じりじりと腰を沈め、やがて根元まで呑み込んでしまい、お尻がぺたりとクリスティアンの太腿に当たる。

「はぁっ、あ、あ、挿入《はい》っちゃったぁ……」

自分の体重がかかっているせいだろうか、いつもよりもっと最奥に届いているような気がした。これ以上刺激されると、自分がどうなるかわからなくてじっと息を詰めてしまう。

「奥が吸い付いて、離さないな――リリア、自分で気持ちよくなるように動いてみろ」

クリスティアンが低く色っぽい声で命令する。

「んん……怖い……」

「怖くない、こうして抱いていてあげるから」

クリスティアンがぎゅっと背中を抱き締める。

「あ、あ……ぁ」

おそるおそる腰を持ち上げると、締まった膣襞が肉胴を擦り上げていく感触にぞくぞくと快感が走った。

「は、はぁ、はあ、ぁあ……ん」

初めは遠慮がちにゆっくりと上下に腰を振っていたが、次第に自分の気持ちのいい箇所がわかってくる。腰を前後に揺らすと、秘玉も擦れてさらに愉悦が深まっていく。

「んんぁ、あ、あ、悦い、あ、気持ち、悦い……」

白い喉を反らせて、うっとりと快楽を貪る。だが、自分の動きだけではどうしても得られない快感がある。

クリスティアンの両肩に手を置き、腰を使いながら彼に訴える。

「クリスティアン様……もっと……欲しい」

「とても上手におねだりができたね」

クリスティアンはご褒美とばかりに、ずん、と下から腰を突き上げてきた。

「ひぃぁあぁんんっ」

快楽の源泉を深く抉られ、リリアはあられもない嬌声を上げてしまう。あっという間に絶頂に飛んでしまう。

クリスティアンは背中に回していた両手でリリアの細腰を抱え、ずんずんと強烈な勢いで腰を穿ってきた。

「あ、あぁ、あ、や、あ、やぁぁっ、も、あ、あ、あぁ」

続け様に絶頂に達し、リリアは背中を弓形に大きく仰け反らせ、猥りがましい悲鳴を上げ続けた。

「ああ、感じているあなたの中は、堪《たま》らなく悦い」

クリスティアンは息を乱し、欲望に突き動かされた声でつぶやく。

「もっと感じろ、もっと乱れろ、リリア」

クリスティアンは揺れるリリアの乳房に顔を埋め、腰を律動させながら勃ち上がった乳首を甘噛み

してきた。じくっとした痛みの直後に、灼けるような刺激が襲ってきて、もう絶頂から降りて来られない域に飛ばされてしまう。

「ひうっ、それ、や、あ、あ、あぁ、ああ――っ」

感極まって、縋《すが》っていたクリスティアンの肩に爪を立てていた。きゅうっと内壁が蠕動し、クリスティアンの剛直を強く食い締めて離さない。

「あ、あ、お、おかしく、あぁ……」

「ああ可愛い、乱れるあなたはほんとうに堪らないな、リリア。もっとおかしくしてやる」

クリスティアンは深く繋がったまま、リリアをベッドの上に仰向けに押し倒す。そして、リリアの片足を持ち上げ、肩に担ぐような体勢にする。

「ひゃ、や、この格好、いやぁ……っ」

繋がっている箇所がクリスティアンから丸見えになってしまう。恥じらいに身悶《みもだ》えるが、クリスティアンはそのまま容赦無く腰を穿ってきた。

「やぁあ、あぁぁぁっ」

太杭《くい》で子宮口まで押し上げられるような衝撃に、頭が真っ白に染まり、さらに絶頂を極めてしまう。まだ終わらない快感があると知り、嗜虐《しぎゃく》的な悦びに目尻からぽろぽろと涙が零れた。

「奥が吸い付く――最高だ、リリア」

クリスティアンが嬉しげに声を乱し、続け様に腰を繰り出す。ぐちゅぐちゅと粘膜の打《ぶ》ち当《あ》たる卑《ひ》猥《わい》な音が耳孔を犯し、さらに興奮を煽ってくる。

「やぁ、も、いやぁ、だめぇ、クリスティアン様ぁ、お、願い……もう……」

リリアは与えられる強烈な愉悦に翻弄され、甲高い嬌声を上げ続けた。

「どうしたい？　リリア、言って」

「あ、あぁ、あ、も、一緒に……達《い》かせてください、お願い、一緒に……達《い》きたいのぉ」

恥ずかしい言葉を散々口にさせられ、でも、それが加虐の快感を増幅させて、どうしようもなく感じてしまう。感じ入った蜜壺は、勝手にきゅんきゅん収縮し、クリスティアンの欲望を追い詰める。

「は――これはもうもたない――っ」

クリスティアンが狂おしげな声を漏らし、大きく身震いした。どくん、と胎内で屹立が跳ねる。

「あ、あぁ、あぁぁぁあ……」

びゅくびゅくと男の精が最奥に吐き出され、互いにすべてを出し尽くした。

「は、はぁ、は……ぁ」

「ふぅ――っ」

汗だくな肉体をぴったりと密着させ、互いの鼓動と呼吸音を感じていると、この上なく満たされた気持ちになり、クリスティアンへの愛情がさらに深まるのを感じる。

クリスティアンはゆっくりと腰を引く。愛蜜と白濁液の混じったものがとろりと熱く股間を淫らに濡らし、その艶かしい感触にも軽く感じ入ってしまう。

クリスティアンは半身を起こすと、リリアの乱れた髪を優しく撫でた。

「あなたと睦《むつ》み合うのは素晴らしいひとときだ――」

リリアは頬を染め、同じ気持ちを込めて彼を見上げる。

「だが、私はあなたにいつも与えてもらうばかりだ」

クリスティアンが少し不満そうに言う。

「もっと、私にわがままになってもいいのだぞ」

「そんな……充分良くしていただいています」

「そうやって、あなたは私になにも要求しない。夫婦の間で、それはあまりにも水臭い」

クリスティアンと一緒にいるだけで満足だとは、気恥ずかしくてとても口にできない。しかし、クリスティアンがそこまで言うのなら、少しだけおねだりしてみようか。

「ええと……それなら」

「うん、なんでも言うといい。欲しいものがあるのか？」

「私、一度お城から外へ出てみたいです。屋上から眺めただけの街を、歩いて見てみたいです」

結婚して以来、ずっと城から出たことがない。城内は広大で、一つの町のように大勢の人々がいるが、リリアはそれだけではなく、クリスティアンが愛する民たちの生活を知りたいと内心ずっと思っていたのだ。

「――」

ふいにクリスティアンは押し黙ってしまう。リリアはなにか彼の気に障ったことを言ったろうかと、少し怯えた。

「あの……少しの時間でも、いいのです」

「――あなたを、私の目の届かないところに行かせたくない。今私は政務に忙殺されて、あなたと出かける時間がないんだ」

「だから、護衛を付けていただければ」

「だめだ！　私の見えないところに行ってはいけない」

「……」

強い口調で言われ、リリアは口を閉ざした。彼のリリアを守ろうとする気持ちは過剰なほどで、それはとても嬉しい。だが、いつまでも子ども扱いされているようで、少しだけ不満でもあった。でも、クリスティアンの気を悪くさせそうで、それ以上強く要求はできなかった。

「なんでもいいとおっしゃったのに……」

ちょっとだけ口を尖らせた。

「む――」

クリスティアンはリリアのむくれた表情を見て、軽くため息を吐いた。

「わかった。明日まで待ってくれ」

「え、いいのですか？　街に出ても？」

「ああ」

クリスティアンがうなずいたので、リリアは顔をぱっと綻ばせた。

「わあ、嬉しい！」

思わずクリスティアンに抱きついて頬にちゅっと口づけした。すると、クリスティアンはこそばゆそうに笑みを浮かべた。

「え？」

「あなたは女神のくせに、小悪魔的なところがあるな」

なんのことだろうときょとんとする、彼は苦笑した。

「そういうところだ」

リリアはますますわからなくて、首をかしげるばかりだった。

翌日、クリスティアンは深夜まで寝室に戻って来なかった。

リリアは夜半過ぎまで、眠い目を擦り擦りクリスティアンの訪れを待っていた。そこへ、クリスティアン付きの侍従が、今宵は戻りが遅くなるので先に休むようにとの連絡をしてきた。

「お仕事が忙しいのかしら……」

クリスティアンを待たずに寝るのは結婚してから初めてのことで、申し訳ないような寂しいような気持ちでベッドに潜り込んだ。それでも頑張って起きていようと思ったが、いつのまにかぐっすりと眠ってしまっていた。

夜明けごろ、もぞもぞと人の気配がして、ふっと目が覚める。

クリスティアンが隣に横たわっていた。ひどく疲れ切った顔をしている。

「……クリスティアン様……」

「起こしてしまったか、すまない。もう少し寝ろ」

彼の手が伸びてきて、ぽんぽんと頭を叩いた。

「起きたら、街に出るぞ」

「え？　ほんとうに……」

聞き終わる前に、クリスティアンの手がぽとりとシーツの上に落ちた。彼はあっという間に熟睡していた。

「いけない、私も寝なくちゃ」

リリアも慌てて目を閉じた。

翌朝。

朝食の席で、クリスティアンは盛大にあくびをしながら言う。

「今日は一日、城下に出る。朝食を済ませたら、外出用のドレスに着替えて支度しろ。同伴のスルホが迎えにくるから、彼と正門前で馬車に乗れ」

「はいっ。ありがとうクリスティアン様、スルホ補佐官と楽しんできますね」

するとクリスティアンがじろりとリリアを睨んだ。

「なにを言っている。私も一緒に行く」

「えっ、クリスティアン様も？　お忙しいのでしょう？」

「今日は忙しくない。私が近衛兵たちと共に馬に乗って、あなたの護衛をする」

「――一緒に行ってくださるんですか？」

「もちろんだ。あなたを私の目の届かないところに行かせないと、言ったろう」

リリアは胸が弾む。

「わあ嬉しい！　クリスティアン様とお出かけなんて、初めてですね！」

「ふふ、子どもみたいにはしゃいで――」

クリスティアンが目を細めた。そのあと、また大きくあくびを一つした。

王子夫妻の外出ではあるが、あまり仰々しくしたくないと、リリアはクリスティアンに頼んだ。そこで、煌《きら》びやかな馬車は避け先触れラッパは鳴らさず、お忍びという態で城下に出ることとなった。しかし、王家の紋章を付けた馬車の周りを屈強な近衛兵たちが護衛している一行は、街の中では大いに目立った。しかも、近衛兵たちに混じって第二王子が騎乗しているのだ。

「クリスティアン殿下のお出ましだ！」

街の人々はざわついた。

馬車道の馬車は左右に道を空け、歩道を行く人々は王家専用の馬車が通り過ぎるまで恭しく頭を下げた。

「わあ……」

車窓から眺める景色に、リリアは釘付けだ。初めて王城に赴いた時も街の景色に圧倒されたものだが、この目抜き通りは王室御用達の高級店ばかりがずらりと軒を揃え、ショーウィンドーに並ぶ商品は見たこともない高価そうな贅沢《ぜいたく》なものばかりで、さらに目を奪われてしまう。

「すごい、賑やか、すごいわ」

思わず窓から身を乗り出しそうになる。すると、クリスティアンがすっと馬車の横に馬を寄せてきた。

「リリア、窓から落ちてしまうぞ。あなたは、まるで初めて遠足にきた子どものようだな」

クリスティアンが苦笑している。

リリアは慌てて顔を引っ込めながら、赤面した。

すると、窓から姿を現したリリアの姿を見て、街の人たちの騒ぎが大きくなった。

「あれは——最近結婚なされた王子妃殿下ではないか?」「クリスティアン殿下が奥方様とおでかけだ!」「純白の女神様のお姿が拝見できるのか!」

人々がぞくぞくと集まり、馬車の周りを取り囲み始めた。馬車が進めず停止してまった。

クリスティアンがかすかに眉を寄せた。

「いかん、このままでは進めぬ——あなたの身の安全が第一だ。引き返そうか」

「……そうですか。仕方ないですね」

リリアは少しがっかりした顔になってしまった。

クリスティアンは一瞬考える顔になり、右手を挙げて一行を停止させた。それから、馬車の扉を外側から開いた。彼は馬に跨がったまま、リリアの方に両手を差し伸べた。

「おいで」

「え?」

「私の鞍《くら》前に乗せてやろう。馬は馬車よりも小回りがきくからな。周りを近衛兵で囲んでもらい、民たちに挨拶しながら進めばいいだろう。なまじお忍びで出かけるより、こうなったら堂々と行こう」

「で、でも……」

「これは、あなたを民たちに披露する、良い機会かもしれない。大丈夫、私があなたを必ず守る。心配ない」

「わかりました」

クリスティアンの言葉に、全幅の信頼を置こうと思った。リリアは、素直に彼の腕に縋り、鞍の前に横坐《よこずわ》りになった。

クリスティアンが右手を挙げ、朗々と響き渡る声で告げる。

「皆、彼女が私の妻、リリア妃である。すまぬが、彼女にこの街を見せたい。行かせてくれ」

すると、人々がさっと左右に割れて道を開けた。

クリスティアンは馬を進めながら、耳元でささやく。

「にこやかに、民たちに手を振るんだ」

「は、はい。こ、こんな感じ、ですか？」

リリアがおずおずと手を振ると、人々がわあっと歓声を上げた。地面を揺るがすようなどよめきに、リリアは目を丸くする。

「ご成婚おめでとうございます、殿下」

「おめでとうございます、王子殿下、王子妃殿下」

雨あられと祝福の言葉が投げかけられる。

人々の声や表情には、クリスティアンに対する尊敬と賞賛に満ちていた。リリアは、クリスティアンが民たちにどんなに敬愛されているか、身をもって感じた。

目抜き通りをゆっくりと進む一行を、人々は規律を守って見送る。艶やかな金髪を風になびかせ、背中をしゃんと伸ばして騎乗するクリスティアンの姿に、誰しもが魅了されている。リリアはこの人が夫だと思うと、誇らしさに胸が熱くなった。すると、クリスティアンが満足気につぶやいた。

「皆、あなたの天真爛漫《てんしんらんまん》な仕草や透き通るような美しさに引き込まれているぞ。あなたには、人を惹きつける天性の魅力が備わっているんだ」

クリスティアンが同じようなことをリリアに感じていたのかと思うと、なんだかこそばゆくて嬉しい。

「――ふふっ」

リリアは白桃のような頬をかすかに染めて、クリスティアンを見上げた。彼も、目を細めて見つめ返してくる。

初々しい王子夫妻の様子を、人々は微笑ましく見送った。

王都の中心地は広場になっていて、大きな噴水があった。

王家一行はそこで休憩を取ることになった。

スルホは広場一帯を一時立ち入り禁止にさせ、周囲に近衛兵たちを配備させた。少しの間だけ、クリスティアンとリリアを二人きりで憩わせたいという彼の気配りであった。

二人は噴水の前にベンチに並んで腰を下ろした。

侍従たちが用意してくれたレモン水で喉を潤しながら、リリアは美しく吹き上がる噴水を見上げた。日差しに水滴がキラキラと光り、小さな虹が現れては消えていく。

「ああ、なんて綺麗――」

リリアはうっとりとつぶやく。その時、風が吹いて、細かい水滴がさーっとリリアの上に降り注いだ。

「うふ、冷たい……」

肩を竦めると、その瞬間、頭の隅になにかが一瞬ちかっと閃いたような気がした。

「――」

リリアは既視感を覚える。顔にかかる水滴の感覚は、どこか昔に経験した懐かしく楽しい記憶を呼び覚ましそうだった。なぜか、そこにクリスティアンも居たような気がした。

「あの、クリスティアン様……」

リリアは隣に寄り添っているクリスティアンに話しかけようと顔を振り向ける。

クリスティアンは、リリアの肩の頭をもたせかけ、こくりこくりと船を漕《こ》いでいた。

そういえば、今朝からひどく眠たそうだった。起こしては気の毒だと思い、口を閉じた。

そこへ、飲み物の替えを持ってスルホがやってきた。

「王子妃殿下、お替わりいかがですか？　おや、殿下はうたた寝ですか？」

リリアは静かにという合図に唇に指を当てた。

「起こさないでね」

「承知しました。まあ、お疲れかもしれませんね。殿下は昨日は徹夜で仕事を片付けておりましたから」

「えっ？　徹夜なさったの？」

スルホが声を落として答えた。

「これは内緒ですが、殿下は今日おでかけなさるために、本日分のお仕事を必死で片付けられていたのですよ」

リリアは、クリスティアンが昨夜は夜明け頃に寝室にやってきたことを思い出した。

「それって、私に同行するためですか？」

「もちろんです」

「そんな……無理をさせてしまったのね」

リリアは自分がわがままを通したせいか、と少ししゅんとなる。するとスルホはにっこりした。

「とんでもない。殿下は王子妃殿下とお出かけできるので、とても張り切っておられましたよ。気になさる必要はございません」

「そ、そうならいいのだけれど……」

「そうですとも。王子妃殿下を民たちにお披露目している時の、殿下のウキウキした姿など、私も初めて拝見しました」

そんな素振りなど少しも気づかなかった。どちらかと言うと、渋々と同行してくれていたのかと思っていた。

朝食の席であくびをしていたクリスティアンの姿を思い出し、胸がきゅんとなる。彼の寝顔をそっと盗み見し、ほんわかした気持ちになっていた。

その時、噴水の向こう側で近衛兵たちがなにか揉めている声が聞こえてきた。

「ここは今、一般人は立ち入り禁止だ」

「お願いでございます。今生の思い出に、どうか王子ご夫妻にご挨拶をさせてくださいまし」

嗄《か》れた老婆の声だ。

リリアはスルホに小声で耳打ちした。

「あの人を通してあげてちょうだい。お年寄りのようだわ」

スルホはうなずいて、そちらに向かって行った。すぐに、杖《つえ》をついた老婆の手を引いて戻ってきた。

腰の曲がった老婆は、リリアの前まで導かれるとその場に跪く。

「王子殿下、王子妃殿下。殿下が恵まれぬ子どもたちのために、学費免除の学校をお作りになってくださったおかげで、私の息子は無事卒業し、仕事に就くことができました。心よりの感謝をお伝えしたく――」

「まあ、そうだったのですか」

リリアは自分にもたれかかっているクリスティアンを起こそうとして、ふっと顔を上げた老婆の左目が白く濁っているのに気がついた。

「お気の毒な……」

胸が痛み、思わず両手が伸びた。

リリアは掌で老婆の左目に触れた。老婆は驚いたように身を固くした。

掌がじわっと熱くなる。

「あっ？」

老婆が鋭い声を上げたので、クリスティアンがハッと目を覚ました。

「リリア、どうした？」

リリアはさっと両手を引いた。老婆の左目に光が戻っていた。老婆がうろたえ、きょろきょろと周囲を見回した。それから、感激した声を上げた。

「ああ――見える、見えます！」

スルホも目を瞠っている。

「王子妃殿下、女神様！　このような奇跡を、このような恵みを――！」

老婆がリリアの前に平伏し、号泣した。

クリスティアンは何が起こったのか、すぐに察したようだ。

彼は強張った表情でリリアを見遣ったが、老婆に対しては穏やかな声で告げた。

「いいや、これは神のご意思だろう。ご老女、あなたの日頃の心がけの賜物《たまもの》が、奇跡を起こしたのだ。養生しなさい」

「ああ殿下、神に感謝いたします」

クリスティアンはスルホに目配せした。スルホは素早く進み出て、老婆に腕を貸して立たせる。

「さあご婦人、そろそろ下がりましょう」

「ありがとうございます。王子殿下ご夫妻に、神のご加護を」

まだ感謝の言葉を尽くしている老婆は、スルホに支えられるようにしてその場から退出した。

「——」

クリスティアンが不機嫌そうに押し黙っているので、リリアはいたたまれなくなる。

「ごめんなさい……つい」

「治癒能力を使うなと、私は言ったはずだ」

クリスティアンの声はひどく固かった。

「で、でも……目の前に困っている人がいたら、放ってはおけません」

リリアはびくびくしながら小声で答えた。

「あなたの優しい気持ちはわかるが、私の許可なく勝手な行動をしないでほしい」

「……」

冷たい言い方に、リリアは気圧《けお》されて言葉に詰まる。これまでこんなにクリスティアンが不機嫌になったのは、初めてのことかもしれない。

結婚してからずっと、クリスティアンの意思に従うように努めてきた。無力な自分を神殿から救い出してくれた恩義もあった。が、なにより彼を愛しているから、彼の気分を害したくないと自分の本心を抑えてきたのだ。

だが、今のリリアは言わずにはいられなかった。

「クリスティアン様、私はこれまでずっと自分の役割を果たしてこられませんでした」

「役割?」

「白い神の子として生まれ白い女神になるべく育てられてきたけれど、結局女神になりそこねました。あの神殿で虚しく毎日を生きてきました。そんな私を、クリスティアン様が救い出してくださった。それはとても感謝しています」

クリスティアンはぴくりと片眉を上げた。

「感謝、か」

「その上、治癒能力がやっと目覚めました。先ほど、多くの街の人々に囲まれ歓待され祝福された時、つくづくあなたの妻になったことが誇らしかったです。そして、あのお年寄りに触れて、目を癒やしたとき、私、やっとわかったんです。私は、人の役にたちたい」

まっすぐ見つめてくるリリアの視線を、クリスティアンはわずかに外した。

「あなたはもう、私の妻という役割を果たしている」

「いいえ、それだけではダメなの。神から与えられたこの能力を、人々のために使うべきだと思うです」

クリスティアンの目元がさっと赤くなった。

「私の妻というだけでは、不満だというのか⁉」

怒りが強くこもった声色に、リリアは震え上がりそうになるが、必死で言い募った。

「不満なんか……でも……でも……」

声が震え、嗚咽《おえつ》が込み上げてそれ以上言葉にならない。

「──泣くな」

クリスティアンが苦々し気にぼそりと言った。

二人の間に気まずい空気が流れた。

せっかく二人でお出かけができて、さっきまであんなに楽しい高揚した雰囲気だったのに。どこで気持ちがすれ違ってしまったのだろう。

そこへスルホが急ぎ足で戻ってきた。

「お待たせしました。殿下、あの老女には、目のことは、神のご加護で奇跡が起きたのだと言い含めておきました――おや、どうなされましたか？」

スルホは二人のただならぬ様子を察知したようだ。

クリスティアンが抑揚のない声で命じた。

「スルホ、リリアは気分が悪いそうだ。馬車をここへ呼べ。彼女を乗せて、今日はもう帰城する」

「御意――」

スルホは二人の表情を交互に見ながらも、テキパキと近衛兵たちを呼び寄せ指示を出した。

やってきた馬車に、リリアは無言で乗り込んだ。

その後、近衛兵たちに囲まれて帰路についた。クリスティアンは騎乗して馬車を守るように同行してくれたが、リリアは窓をぴったりと締め切ったままにした。

城に戻ると、クリスティアンはそのままリリアに挨拶もせずに執務室へ行ってしまう。

リリアは悄然《しょうぜん》として、自室に戻った。

侍女たちを次の間に下がらせると、ソファに深く腰を下ろしため息を何度もついた。

「はあ……」

留守番をしていたコヤンカがぴょいと膝に乗ってきた。リリアはコヤンカの背中を優しく撫でながら、話しかける。

「クリスティアン様のお言葉に逆らって、気分を悪くさせてしまったの……私、どんなことでもクリスティアン様の言う通りにしようって、決めたのに。なぜだろう。言い返してしまって……」

コヤンカは気遣わし気に鼻をぴすぴすと慣らした。

「やっぱり……クリスティアン様にとって、この結婚は古い因習の打破というだけで、私のことなんか好きでも嫌いでもないのかもしれない……」

一度落ち込むと、考えは悪い方向へ悪い方向へ向かってしまう。

「だめだめ、そんなことばかり考えちゃ」

リリアは頭をひと振りし、気持ちを入れ替えようと、内庭に出て白ウサギたちに餌をやることにした。


同時刻。

クリスティアンは、執務室の窓から内庭を見下ろしていた。ここからだと、リリアの私室がよく見える。

クリスティアンはいつかリリアを城に迎え入れるために、何年もかけて準備をしていた。リリアの部屋を整え、常にリリアを視界に入れておきたくて、わざわざ彼女の私室を執務室から見える位置に決めたのだ。

リリアがバルコニーから内庭に出てきた。放し飼いになっていた白ウサギたちが、わっと集まってくる。リリアは手にしていたバスケットから野菜の切れ端を取り出しては、なるだけ公平に白ウサギたちに分け与えている。

ふわふわの白ウサギに囲まれたリリアは、色の白さも相まって白ウサギの女神様のようだ。いつもはニコニコしながら白ウサギに囲まれている彼女が、今日はずいぶんとしょんぼりしている。

それは、自分の心無い態度のせいだとわかっていた。世俗に汚れていないリリアに、理不尽な態度を取るべきではなかった。

「くそ——私としたことが。大人げない」

いつもリリアには幸せに笑っていて欲しいのに——クリスティアンは忌々しく唇を噛む。

その時、侍従がヘルガの訪れを告げた。

国王の看護をしている彼女は、一日に一度必ず容態の報告にやってくる。

「失礼します。王子殿下」

ヘルガが入ってくると、クリスティアンは強張った表情を取り繕い、ヘルガを出迎えた。

「ヘルガ殿、いつもご苦労です」

ヘルガはその日の国王の病状について報告を始めた。

「今日は、少しだけ私の言葉に反応なされたような気がします。少しずつですが、良い方向へ向かっているようですわ」

「そうですか。ヘルガ殿の献身的な看護は、周囲の看護師たちも目を見張るばかりだと、私の耳にも届いています」

「いえ――私など微力です」

ヘルガはちらりとクリスティアンの顔色を窺う。

「殿下、私の気のせいでしょうか。少し、お元気がないように思われますが」

クリスティアンはどきりとした。元女神で治癒能力があったヘルガは、人の気を読むのに長《た》けているのだろう。

神殿にいる間、リリアがヘルガをずっと心の拠《よ》り所《どころ》にしてきたことに思い至る。

「ヘルガ殿――私は今日、リリアを理不尽に悲しませてしまったのだ」

気がつくと、心のうちを吐露していた。

「そうなのですね」

ヘルガはリリアによく似たルビー色の目で、じっとこちらを見ている。

「私は、リリアの望む生き方をさせると約束したのに、気がつくと彼女の行動を制限し、束縛ばかりしている」

「殿下は、リリアのことがほんとうに大事なのですね。あの子は世間知らずですから、それは仕方ないことでしょう」

ヘルガは穏やかに答える。

クリスティアンは首を横に振る。

「いや違う。このままでは神殿にいるときと同じように、リリアの心の自由を奪ってしまうばかりだ。彼女は私の自分勝手な気持ちを、察し始めているのかもしれない。だから、私の言うことに逆らうのだろう。彼女を守りたい、でも彼女を自由にしてやりたい――どうしていいか、わからないのだ」

これまでクリスティアンは、スルホ以外の人間に弱音を吐いたりしなかった。ましてや、夫婦間の悩みなどこぼすことは男として気恥ずかしいことと自戒していた。だが、リリアと同じ女神の属性を持つヘルガには、理解してもらえそうだと感じたのだ。ヘルガの持っていたという心を癒やす能力の残滓が、クリスティアンの琴線に触れたのかもしれない。

「殿下は、リリアを愛しいと思っておられるのですね？」

ふいにヘルガは改まった口調になった。

「殿下。私はかつて、夫以外に深く想い合った男性がおりました」

「え？」

意外な告白だ。ヘルガは静かに続ける。

「でも、私は白い神の子として白い結婚を強要され、それから逃れる勇気はありませんでした。だから、お若い二人には勇気を持って生きて欲しいのです」

「ヘルガ殿――」

声を失うクリスティアンに、ヘルガは慈愛のこもった顔を向けた。

「殿下。幼かったリリアも、少しずつ大人になっているのですわ。それは殿下の愛のおかげでしょう。リリアの心の成長を、受け入れて上げてください。リリアの変化を恐れずに、二人で前を向いてください」

「リリアの心の成長――」

その言葉は胸に沁みた。

リリアはいつまでも無垢で無邪気で世間知らずだと思い込んでいた。それが彼女の魅力で、変化を求めていなかった。だから、違う面を見せられて、戸惑ってしまったのだ。

それに、能力に目覚めたリリアの存在を悪用しようとする者たちも出るに違いない。だから、彼女の覚醒を心からは喜べなかった。そのために、彼女の能力をひた隠しにしようとした。

しかし、自分はリリアを守ると彼女に誓ったではないか。どんなことがあろうと、リリアを守り抜けばいいのだ。

彼女を心から愛しているのだから。

クリスティアンはしみじみとした声でヘルガに言う。

「ありがとう、ヘルガ殿。気持ちの整理ができたような気がする」

ヘルガは穏やかに微笑んだ。

「よかったです」


「キララ、パル、ミーナ、スクルズ、ラーラ——みんな元気ね？」

リリアは餌をやりながら、一羽一羽の白ウサギたちに声をかけていた。

「驚いた——あなたはこれだけいるウサギたち全部に、名前をつけたのか？」

ふいに背後から声をかけられ、リリアは驚いてきゃっと声を上げてしまった。慌てて振り返ると、そこにクリスティアンが立っていた。

先ほどまで気まずい雰囲気だったので、またなにか彼の逆鱗《げきりん》に触れてしまったかと、気持ちが臆した。

赤面して小声で答える。

「だ、だって、みんなに名前がある方がより愛情が湧くでしょう？　勝手に付けてしまって、いけなかったでしょうか？」

すると、クリスティアンが表情を綻ばせた。

「いや。良いことをした。ウサギたちも嬉しそうだ」

リリアはほっとして口元を緩めた。自慢気に名前を挙げていく。

「ふふ、でしょう？　あの右の耳が少し折れているのがラーラ、尻尾が太いのがパル、そこの——」

「リリア、ここに座ろうか」

クリスティアンが側のベンチを指差した。

「あ、はい……」

彼が真面目な態度になったので、少し緊張しながらベンチに腰を下ろした。

並んで座ったクリスティアンは、膝の上で両手を組むとそこをしばらくじっと見つめていた。それから、おもむろに口を開いた。

「さっきは、じゃけんな態度を取ってすまない」

「え……？」

まさか謝罪されるとは思わず、リリアは返しに困った。

クリスティアンがこちらに顔を振り向ける。

「あなたの気持ちを少しも考えず、私が大人げなかった。とても反省している」

「い、いえ、私が殿下のお言葉に逆らったりしたから……」

「いや。私の言葉がいつも正しいとは限らない。つくづく、思い上がっていた。あなたに教えられたよ」

「クリスティアン様……」

優しい言葉が胸に沁みる。

「公に、あなたが白い女神として眼病の治癒能力の覚醒したことを、発表しようと思う」

「えっ？」

「そして、あなたの望み通りに、治癒能力を活《い》かすことを考える」

「ほ、ほんとう、ですか？」

「ああ」

クリスティアンが深くうなずいた。

「今のところは、私と触れ合っている時しかあなたの能力は発動しない。だから、私の執務の合間の時間に、あなたと同席して治癒の時間を作ろうと思うのだが、どうだろうか？」

リリアは歓喜で胸がいっぱいになった。

「そんな……わざわざ私のために……？」

「無論あなたのためだが、私の政治理念でもある。これまで、女神の治癒能力は、神殿の中だけで活かされ、位の高い人間のみに活用されてきた。それを新たに、民たちにも広めたいのだ」

「ああ……クリスティアン様……」

感動で声が震える。

クリスティアンが真摯な眼差しで見つめてくる。

「私は全力であなたを支えよう。だが、あなたにも覚悟が必要だぞ。それでもいいかい？」

リリアの紅玉の瞳に甘い涙が浮かぶ。

「もちろんです！　ああ、嬉しい！　ありがとうございます！　ありがとう、クリスティアン様！」

リリアはぎゅっとクリスティアンの首に両手を回して抱きついた。

「リリア」

クリスティアンも抱き返してくれる。

二人は見つめ合い、どちらからともなく軽く唇を合わせた。それからまた目を合わせ、ちゅっちゅっと音を立てて啄むような口づけを繰り返した。

それから額をこつんと突き合わせ、ふふっと忍び笑いする。

「仲直りですね？」

「ああそうだ」

「ふふっ」

リリアが頬を染めて心から嬉しそうに笑うと、クリスティアンは目を細めて微笑み返した。

クリスティアンが夫としての責務を全うしようとしてくれる気持ちが、とても嬉しい。嫌われてはいないのだ、と感じられた。もしかしたら、少しは好かれているのかもしれない、と自惚れることができて、心が浮き立つ。

二人の間の明るい雰囲気を察したように、白ウサギたちはご機嫌でぴょんぴょんと跳び上がっていた。

第三章　純白の女神を狙うもの

こうして、リリアの白い女神としての治癒能力が公に発表された。

その後、週に一度、城内でクリスティアン立ち会いのもと、リリアの治癒の時間が設けらることになった。

重い眼病を持つ者は、身分に関わらず治癒の申請をすることが許された。

国中が、女神の覚醒と王クリスティアンの英断に歓喜した。

クリスティアンは、引も切らぬ人々の申請を、まずふるいにかけることにした。そして、医者の治療で治ると判断された者には、城に医療班を作り、そちらで治療にあたらせた。

少しでもリリアの負担を軽くするためであった。

治癒の日は、一日中クリスティアンとリリアで人々の眼病を癒やした。

リリアはできるだけ数多くの人々を治癒しようとした。だからその日の終わりには、能力を使い果たしてくたくたになってしまった。しかし、人々を救っているという誇らしさが、そんな疲れも忘れさせてしまう。そして治癒の日の夜には、クリスティアンがいつも以上に優しく労り、身体の隅々まで丁重に愛してくれるのも、この上ない幸せだった。

第二王子夫妻の評判は、いやが上にも高まった。

クリスティアンが白い女神との結婚を強行したのは、結果的に大正解だったと、保守的層の中にも彼を支持するものが増えていった。時期国王にはクリスティアンを推すという機運が一気に高まったのである。


一方で。

第一王子アーポは、さらに酒量が上がり、一日中呑んだくれては荒れた言動を繰り返すようになっていた。


「どういうことだ⁉ ラトゥリ準最高神官！ お前の言うとおりにすれば、私が時期国王になるのはなんの問題もなかったはずではないか！」

アーポは、私室のソファの上にだらしなく寝そべり、酒の杯を片手に怒鳴り散らしていた。

「は、その通りでございます。殿下、そのようにお怒りにならず、落ち着いてくださいませ」

呼び出されていたラトゥリは、殊勝そうに答えたが、額には怒りの青筋が幾つも浮いている。

「これが落ちつけるか！ クリスティアンめ、白い女神の能力を利用してまで自分の評価を上げようとは。さすがに血筋が悪い者は、やることが下衆だ」

アーポは傲慢に言い放ち、侍従に酒の追加を命じた。

「とにかく、私がなにか手立てを考えますので、殿下はどうか落ち着いた言動を心がけてくださいませ」

ラトゥリは必死でアーポをなだめると、部屋を下がった。

神殿の自室に戻ると、ラトゥリは忌々しげに舌打ちをした。

「ちっ、飲んだくれのアホ王子め。お前は大人しく、私の言いなりになっていればいいんだ！」

これまで、無能なアーポに必死で取りいってきたのは、彼を国王の座につけた後は自分がこの国の権力を手中に収めるためであった。

血統から言えば、クリスティアンがどんなに優れた王子でも、彼が王位に就くことはあり得ないたかを括《くく》っていた。しかしここに来て、リリアが女神の能力を発揮し始め、形勢がぐんとクリスティアンに有利に傾いている。

これまでも、クリスティアンが旧弊な慣例を次々と変えていく政策は、国や民に非常に有益に働いていて、彼を支持する人々は多かった。だが、妾腹《しょうふく》という出自が保守層の反感を買っていたのだ。それが、白い女神リリアとの結婚で、保守層のクリスティアンを見る目も変わり始めていた。

「要はリリアだ。あの小娘を、なんとか王子から引き離すことができれば、保守層の支持は無くなるだろう――もともと彼女は神殿の人間だ。女神の能力は、神殿のためにだけ使うべきなのだ――私に有利に使える手札が、どこかにあるはずだ」

ラトゥリは必死に考えを巡らせた。

ふいに彼の頭に閃くものがあった。

カルサミヤ王国では、神はすべてに君臨する。神の意志は国王と言えど、逆らうことはできない。

「そうだ――御神託だ」

ラトゥリは低い声でつぶやき、ニヤリと笑った。


「ふう……今日もたくさんの人たちの眼を癒やすことができたわ……」

治癒の日の晩、リリアは赤薔薇の花びらを浮かべたバスタブの中で、のびのびと手足を伸ばして寛《くつろ》いでいた。いつもは複数の侍女たちが侍《はべ》るのだが、治癒の日はひとりでゆったりとしたくて、人払いをしていた。

今日だけで、老若男女五十人近い人々を治癒した。

能力の限界まで使い果たし、心身ともにくたくただった。しかし、それは心地よい疲れだった。眼が治った瞬間、人々の心からの喜びと感謝の顔を見るだけで、リリアの胸は誇らしさと幸福感にいっぱいになる。

そして、こんな満たされた気持ちになるのは、

「これも公務の一環だ」

と言って、疲れを見せることなく終始リリアに寄り添ってくれるクリスティアンがいればこそだ。

肩まで温かい湯に浸かり、ほうっとため息を漏らす。

「好き……大好き」

小声で、頭の中のクリスティアンに向かってつぶやく。

「なにが好きだって？」

やにわに浴室の扉が開き、部屋着姿のクリスティアンが入ってきた。

「きゃあっ」

リリアはびっくりした拍子に、ずるっと滑ってお湯の中に頭まで潜ってしまった。

「リリアっ」

クリスティアンが慌てて駆け寄ってきて、お湯の中からリリアを引き上げる。

「ごほっ、けほっ……けほ」

「しっかりしろ」

噎《む》せるリリアを、クリスティアンはタオルに包んで浴室から連れ出し、居間に移り暖炉前のマットの上に下ろした。そして、全身をごしごしと擦ってくれる。

「お湯は呑んでいないか？　大丈夫か？」

気遣わしげに顔を覗き込むクリスティアンに、リリアはこくりとうなずく。

「は、はい。もう、平気です」

「はー。まったくあなたときたら——浴槽で溺れ死ぬ妃など、前代未聞だぞ」

「お、溺れてなんか、いませんっ」

「今着替えを持ってくる。もっとタオルにくるまって、火に寄って身体を温めておけ」

クリスティアンはクローゼットからリリアの部屋着を持ってくると、しゃがみ込んで着替えさせようとした。

「そら、腕を出して」

「き、着替えくらいできますから」

「いいんだ。あなたは疲れているのだから、言うことをきくんだ」

クリスティアンはさっさとリリアを着替えさせた。それから、マットの上に真新いタオルを敷くと、リリアを促した。

「ここにうつ伏せになって。マッサージをしてやる」

「そ、そんなことまで……」

「治癒の日は一日中同じ姿勢で座っているだろう？　身体をほぐして上げよう。実はそのつもりで、浴室に行ったんだ。遠慮しなくていい」

「はい……」

素直に横たわると、クリスティアンはリリアの右手を持ち上げ、ゆっくりと揉みほぐし始める。ほどよい握力で、疲れた筋肉の疲労が抜けていくようだ。

「どうだ?」

「ああ……気持ちいいです」

「軍隊式の筋肉マッサージだ。そら、左手も出して」

「はい」

クリスティアンは手を動かしながら、感心したようにつぶやく。

「こんな細い腕で――何十人もの人々を癒やすのだな。あなたの小さな身体のどこに、あんな強い力が宿っているのだろう」

腕が終わると、今度は肩と背中を揉み出した。リリアは心地よさにうっとりと眼を閉じる。

「いいえ、クリスティアン様こそ、お疲れでしょう。ずっと私に付き添ってくださって」

「私は鍛えているし、自分の力を人に与えるわけでもない。いかほどのことでもないさ」

クリスティアンの温かい掌がゆっくりと背中を押していく。そこから、彼の内なる力がリリアの中に伝わってきた。お腹の底から生命力が沸いてくる。

クリスティアンは気がつかないだけだ。彼には、リリアだけに効く素晴らしい力が備わっている。クリスティアンの眼差し、声、息遣い、肌の感触、そして熱い欲望——なにもかもが、リリアの力となり生きる糧になる。それほど——愛してしまっていた。

クリスティアンの手が腰に下りてきた。

「細い腰だ。私の両手で包めてしまう。いたいけなリリア」

彼の声色が艶めいてきた。

背中を押していた手指が、すっと横腹を撫でた。怖気にも似た戦慄が背中を走り抜け、

「ひゃっん」

素っ頓狂な声が漏れてしまう。

クリスティアンの指は、そのまま横腹を何度も上下に撫でる。ぞわぞわと肌が総毛立った。

「あ、あ、や、もう、そういうの、だめですっ」

身を捩って逃れようとすると、細い足首を掴まれ、引き戻される。

「まだ揉み終わっていないぞ」

「もう、いいです。だって、い、いやらしいことをする気でしょう？」

「なんだと、失礼だな？　あなたを癒やしたいだけだ」

クリスティアンはリリアの部屋着の裾を捲《まく》り上げ、脹脛《ふくらはぎ》を揉み始めた。

「ほら、ぱんぱんに張っている。これでは明日足が浮腫《むく》んで、ヒールが履けないぞ」

「あ――はい」

仕方なくじっと、されるがままになる。確かに、足も凝り固まっていて、そこを揉みほぐされるのはとても気持ちよかった。リリアが大人しくなったので、クリスティアンが満足そうに言う。

「気持ちいいだろう？」

「ん……はい」

脹脛から足首を丁寧に揉まれ、気持ちがどんどん緩んでいく。ふいに、足の裏を擽られた。

「きゃんっ」

子犬みたいな声が出て、思わず足をばたつかせてしまう。

「い、いたずら、しないでくださいっ」

「ふふ、そうやってばたばたしていると、子ウサギみたいだ」

クリスティアンはリリアの右足首を掴むと、足の裏にちゅっと口づけた。

「ひゃん」

指先とは違う柔らかな刺激に、擽ったいだけではない甘い刺激が走る。

クリスティアンはそのまま足裏に唇を這わせ、踵をねろりと舐めた。

「んんっ」

濡れた感触にびくびく肩が竦む。まさか、そんな箇所に敏感な部分があるとは思いもしなかった。

「小さい足だな、食べてしまいたいくらい可愛い」

クリスティアンはリリアの足指をぱくりと咥え込み、舌先で舐め回した。

「んっ、ん、もう、や……め」

擽ったさよりも官能の刺激の方が次第に強くなるのを感じ、リリアは身じろいだ。

「ふふ——可愛い」

クリスティアンはリリアの足首を捉えたまま、片手でリリアのまろやかなお尻を撫で回した。無骨な指が、尻の割れ目から内腿をまさぐり、秘部に潜り込んでくる。

「も、いやらしいことはしないって……あっ」

和毛《にこげ》を掻き分け、指先が花弁に触れてくると、淫らな感触にびくんと腰が浮いた。

「も、もうだめ、です、やめて」

「ここもほぐしてやるだけだ」

「そういう……あ、あぁ、あ……」

クリスティアンの指が、花襞のあわいを軽く撫でただけで、そこがぬるっと滑った。

「もうすっかりほぐれているようだ」

クリスティアンが嬉しげな声を漏らし、滲み出た愛蜜で割れ目の先の小さな尖りに触れてくると、強い快感が走って全身に甘い震えが走る。

「だ、め、だから……ぁ、ん、んん……ぁ」

指の腹でゆっくりと花芽を擦られると、どうしようもなく感じてしまい、隘路の奥からとろりと淫蜜が溢れ出す。

リリアが悩ましい鼻声を漏らしだすと、クリスティアンが身を屈めてリリアのうなじをちゅうっと吸い上げた。軽い痛みの後に襲ってくるひりひりする熱の感覚は、被虐的な悦びを生み出す。

「あぁん、っ」

もはや拒む言葉は出てこない。媚肉が疼いて、我慢できないほど身体が昂っている。

クリスティアンはそのまま、ちゅっちゅっと首筋や耳裏に口づけを繰り返す。リリアは肩越しに顔を振り向け、うるうるした瞳で見上げた。

クリスティアンが耳元で色っぽい低音でささやく。

「私が欲しい？」

リリアは返事をする代わりに、甘えるようにクリスティアンの頬に自分の頬をすりすりと擦り付けた。

「ふふ――子ウサギみたいで可愛いね」

クリスティアンがリリアの部屋着を剥ごうと、手を動かしかけた時だ。

居間の扉を忙しなく叩く者がいた。

「殿下、王子殿下。お休みのところ、申し訳ありませんが、緊急です！」

スルホが咳《せ》き込むように声をかけてきた。いつもの冷静で穏やかな口調ではない。

クリスティアンはぴたりと動きを止め、素早く聞き返す。

「スルホ、何事だ？」

「神殿よりの火急の知らせでございます」

スルホのただ事ではない声色に、彼はリリアに目配せし、起き上がった。リリアは慌てて衣服の乱れを直した。クリスティアンはリリアにガウンを羽織らせると、

「入れ」

と口早に答えた。直後、扉がぱっと開き、スルホが顔色を変えて飛び込んできた。

「殿下、たった今、神殿にて御神託が下ったとのことです」

クリスティアンの目が鋭く細められた。

「御神託、だと？」

「は、御神託が下るのは数百年ぶりだと、神殿でも大騒ぎになっております」

クリスティアンは椅子の上から上着を取ると、スルホに命じた。

「知らせの者に会おう。謁見室へ——」

「いえ、その必要はございません」

がらがらした濁声が聞こえたかと思うと、戸口の前に、大勢の神官たちを引き連れたラトゥリが姿を現した。その中には、憂い顔のハンネスもいた。

「御神託は殿下に関することでしたので、一刻も早く殿下にお伝えせねば、と失礼を承知で参りました」

彼は意味ありげな表情でクリスティアンを見た。

「私にだと？」

「はい。おい、神の石板をここへ」

ラトゥリが、背後の神官に声をかけた。中年の神官が、焦げついた石板を恭しく頭の上に掲げて差し出す。それを受け取ったラトゥリは、重々しく読み上げた。

「神の名をもって下す。一番年若い元女神を、再度神の子とし、神殿に戻すことを命じる」

リリアは自分のことを言われたので、ぎょっとして目を瞠る。

ラトゥリは、クリスティアンとリリアを交互に見遣って言う。

「お二人とも、この御神託の意味がお分かりでしょうか？」

ラトゥリは口元を歪める。

「お二人の結婚は無効になり、リリアは神の子として復活を果たすということです。つまり――リリアに再度、白い結婚をせよ、との神のご意思なのです」

リリアはなにを言われているのか、頭に入ってこなかった。

呆然としているリリアに、ラトゥリが子どもに言い含めるように言う。

「リリア、お前は神殿に帰り、現在最高位の神官と白い結婚をする義務が生じたのだ。つまり――この私と結婚をすることになる」

クリスティアンが憮然《ぶぜん》とした顔で言った。

「この数百年、御神託なるものが下った前例はなかった。その石板が、神のご意思だという証拠があるのか？」

ラトゥリが芝居かがって肩を竦めた。

「これはこれは。さすが殿下、神をもお疑いになるとは。祭殿の石板が燃え上がる瞬間は、ちょうど夜の祈りの時間でした。大勢の神官が目撃しております」

スルホがさっとハンネスを見遣った。

「ハンネス、事実か？」

ハンネスは青ざめた顔で答える。

「燃え上がったのは、事実でございます」

さすがのクリスティアンも声を失う。

「そんな……！」

リリアは目の前が真っ暗になった。

神のご意思は絶対だ。ましてや、御神託となれば国王の命令よりも上で逆らうことはできない。

ラトゥリが勝ち誇ったように、リリアの方に手を差し出した。

「さあリリア、今すぐ殿下と離婚して神殿に戻るんだ。そして、私との白い結婚の準備を始めよう」

クリスティアンがずいっと二人の間に割って入った。彼は臆することなく決然と言い放った。

「私は離婚する気は毛頭ない！」

ラトゥリが勢いに飲まれて手を引っ込めた。が、すぐに居丈高に言い返した。

「殿下、そのお言葉は神のご意思に逆らうものです。たとえ王家の人間と言えど、神のお言葉に従わねばなりませぬ。それに背くことは、大罪でございます！」

クリスティアンは胸を張って堂々と答える。

「大罪結構。私は私の意志を貫くだけだ」

「クリスティアン様……！」

リリアはクリスティアンの広い背中を凝視した。彼の全身から、揺るぎない決意が滲み出ていた。

ラトゥリが怒りを露わにして怒鳴った。

「し、神罰が下りますぞ！」

「神罰など恐るるに足らず！」

クリスティアンはキッパリ言い切った。

神官たちはあきらかに浮き足立った。

神に逆らうなど、畏多くて並大抵の人間に出来ることではない。神罰への恐れとクリスティアンに対する畏敬の念に、皆が動揺していた。

ラトゥリが顔を真っ赤にして、わなわなと震える。

「なんという不敬な態度！　神に対する冒涜と背信でございますぞ！　——アーポ王子殿下、命令をお願いいたしまする」

ラトゥリが振り返って声をかけると、おもむろに、神官たちの背後からアーポが姿をぬっと姿を現した。いかにも出番を待っていたという感じだ。

彼は偉そうにクリスティアンに言い放った。

「では——クリスティアンは背信行為で逮捕させる」

クリスティアンはぎろりとアーポを睨んだ。

「兄上、誰に唆された？」

殺意のこもった視線に、アーポは一瞬怯《ひる》んだが、太鼓腹を突き出して虚勢を張る。

「は？　なにを言うか。王家の人間として、神を冒涜する者を見過ごせるわけがなかろう。お前は、元々の出自からして、我が王家の恥だったのだ」

アーポは、背後に控えていた近衛兵たちに尊大な態度で命令した。

「おい、クリスティアンを逮捕しろ」

近衛兵たちはクリスティアンに心酔している者が多い。彼らは躊躇し、すぐには動かなかった。アーポは尊大に怒鳴りつける。

「王子の命令だぞ！　さっさと逮捕するんだ！」

近衛兵たちが慌ててクリスティアンを取り囲む。両脇を近衛兵たちに取り押さえられても、クリスティアンは逆らわなかった。リリアは目の前に繰り広げられる光景が、悪夢ではないかと思った。

「そのまま投獄せよ」

アーポの非情な言葉に、リリアは思わず血相を変えて前に飛び出した。

「ま、待ってください！」

リリアはクリスティアンを庇うように、前に立ち塞がった。

「やめてください！　クリスティアン様はこの国になくてはならないお方です！　逮捕なんかしないで！　私が神殿に戻りますから！」

ラトゥリは我が意を得たりとにんまりする。

「それでいい。リリア、ではこの場で王子と離婚し、一緒に神殿に帰ろう」

するとクリスティアンは近衛兵たちを振り切り、リリアの肩を抱き寄せた。

「だめだ。私は離婚など断じてしない！」

リリアは必死で言い返した。

「なぜです？　クリスティアン様にはこの国の未来がかかっているんです！　私なんかにこだわることなんかないんです！　お願いです、離婚してください！」

クリスティアンは決然と言い放った。

「離婚はしない」

「ど、どうして……？」

クリスティアンは深く息を吐いた。そして、気持ちのこもった声で答える。

「あなたを愛しているからだ」

「っ――」

リリアは声を失う。

クリスティアンはまっすぐにリリアに顔を向ける。

「あなたを心から愛している。あなたを失うくらいなら、国を捨ててもいい」

「クリスティアン様……」

澄み切った青い目に見つめられ、リリアは身の内から曇りのない喜びと愛情が湧き上がってくるのを感じた。

二人は互いの瞳に映る自分の顔を凝視した。

一瞬が永遠のように感じる。

しかし、アーポが容赦無く命令した。

「ふん、頑固者め。あくまで神に逆らうというなら、投獄しかない。おい、近衛兵たち、とっとと連行しろ！」

近衛兵たちに腕を掴まれたクリスティアンは、抵抗することなく彼らに連れて行かれる。彼はリリアの前を通り過ぎる時に、散歩にもでいくような気さくな声をかけた。

「すぐに帰るよ。ミナヴァルコカニン」

「ま、待って、待ってください！」

リリアは悲痛な声を上げて、その後を追おうとした。

「王子妃殿下、今、騒ぎを大きくしてはなりません。この場はどうかおおさめください」

スルホがリリアの前に両手を広げて阻んだ。

「あ、ああ……」

リリアは呆然と立《た》ち竦《すく》み、連行されていくクリスティアンの背中を見送っていた。

「ふん、愚かな弟だ。それほど若い妻に執着していたとはな。これでやつもお終いだ」

アーポが嘲笑《あざわら》う。

ラトゥリはリリアに高飛車に言い放った。

「リリア、こうなればお前の心一つにかかっているぞ。私たちは一旦神殿に戻る。どうするかは、お前が早急に決めろ。では殿下、ひとまず引き上げましょう、おい、皆の者、行くぞ」

アーポとラトゥリは、お付きの者たちを従えてその場を悠々と歩き去った。最後尾に従っていたハンネスだけが、何度も気遣わしげにこちらに振り返った。

「こんな、こんなことって……神様がこんな無慈悲なことをなさるなんて……」

リリアは絶望感に打ちひしがれ、その場にへなへなと崩れ落ちた。涙が溢れてくる。

「王子妃殿下——気をしっかりお持ちください」

スルホがそっと腕を貸して立ち上がらせてくれる。

「王子妃殿下のお言葉通り、クリスティアン様はこの国に必要なお方です。私がなにか手立てを必ず考えますから」

「スルホ補佐官……お願いがあります」

リリアは涙を拭うと、震え声で言った。

「離婚届を作成してください」

スルホが驚いたように目を見開く。

「王子妃殿下、早まってはなりません！　殿下の真のお気持ちを聞いたでしょう？」

リリアは嗚咽を呑み込み、キッパリと言った。

「お気持ちを聞いたからこそです。私はあの方の真心に応えたい。あの人を救いたい。一刻も早く……」

「しかし――」

「あなたは騒ぎを大きくしてはいけないと言ったけれど、あの神官様とアーポ様がクリスティアン様逮捕の件を、このまま伏せておくと思いますか？」

リリアの言葉に、スルホはハッとしたように顔色を変えた。

「確かに――彼らは殿下に反感を持っておられた。この機を逃すはずもない」

「クリスティアン様に悪評が広まる前に――私は御神託に従います」

スルホは決意に満ちたリリアの表情に、心打たれたような顔になった。

「わかりました。お部屋でお待ちください。急ぎ手配します」

「お願いします」

リリアは自室に帰ると、侍女たちに身支度を手伝ってもらい、手早く荷物を纏めさせた。侍女たちは、急に城を出ていくと言い出したリリアに困惑を隠せずにいたが、思い詰めたリリアの様子に命令に従うしかなかった。

荷物といっても、この城に来た時にはほとんど身一つだった。神殿に持っていく私物はほとんどないと言っていい。

リリアは心配そうな顔で足元に寄り添ってきたコヤンカを抱き上げ、頬ずりした。

「いい子ね、コヤンカ。神殿には生き物は連れていけないの。みんなと一緒に、クリスティアン様に大事にしてもらいなさい」

愛しいものたちとの別れに、涙が頬を流れてきた。リリアがなぜ泣いているのか理解できないコヤンカは、悲しそうに鼻をぴすぴすと鳴らすばかりだ。

「うう……」

リリアはぎゅっとコヤンカを抱き締めた。

そこへ、息を切らしてスルホが戻ってきた。手に書類を持っている。

「王子妃殿下、離婚届を作成してまいりました」

リリアは受け取ると、自分が署名する箇所に素早く名前を書き込んだ。

「これをすぐにクリスティアン様に届けてください。あの方が署名すれば、離婚は成立します」

スルホは離婚届を受け取ったが、その場を動かずにいた。

「王子妃殿下、ほんとうにこれでよろしいのですか？　殿下は、それはそれは王子妃殿下のことを大事に想われております——あの方の心中を察すると、私は辛くてなりません」

リリアはキッと顔を上げた。

「そのお心に応えるには、私にはこのくらいしかできないわ。私は、あんなにも愛されていたなんて気が付かなかった――ほんとうに幸福でした」

「王子妃殿下――」

スルホが声を震わせた。

リリアは凛とした声で言った。

「私は今夜、お城から出て神殿に戻ります――あの、一つだけ。ヘルガ様のことだけは、くれぐれもクリスティアン様によろしくお願いするように伝えてくださいね。さあ、もう行ってちょうだい」

スルホは気圧されたようにうなずき、急ぎ足で退出していった。

「門前に馬車を用意させてください。私は神殿に戻ります」

侍女たちに指示を出しながら、リリアの胸の中はもはや悲しみはなかった。不思議と晴れ晴れとしていた。

(あなたを心から愛している)

この世で一番愛している人から、一番欲しい言葉をもらった。

もう怖いものはない。

愛されていた。とてもとても愛されていた。

あの言葉だけで、残りの人生がどんなに辛くても生きていける。

そう強く思った。


その晩。

リリアは神殿に帰った。

神殿の入り口で待ち受けていたラトゥリが、得意満面の笑みで出迎えた。

「戻ったかリリア。お前は賢いな。早速、私とお前との白い結婚の準備をしよう。そしてお前は、白い女神として私と共にこの神殿で君臨すればいい。元々、これが正しい道だったのだ」

リリアは無表情でうなずく。

「すべて、神のご意思に従います」

クリスティアンとの思い出を大事に心の奥にしまい込み、白い女神として生きていこう。

第四章　なによりもあなただけを

――一方。

王城に程近い場所には、身分の高い者用の監獄塔がある。

罪を犯した王族や高級貴族たちが収監される牢獄は、それなりに部屋は整えられてあるが、石壁が剥《む》き出しで窓には鉄格子が嵌《は》まっていて、殺伐とした雰囲気だ。

クリスティアンは、その塔の最上階に収監されていた。

「離婚届を持ってきただと？」

面会に訪れたスルホからリリアの署名入りの離婚届を見せられ、クリスティアンは一瞬激怒の表情になった。

「離婚はせぬとあれほど言ったのに！」

彼はテーブルに離婚届を投げつける。

普段粗暴な行いをしないクリスティアンの激昂《げっこう》の大きさに、スルホは悄然とうなだれた。

「申し訳ありません、私の力が足らず、王子妃殿下を説得できませんでした」

クリスティアンは深いため息を吐き、冷たい石壁に片手を付いてなにか考える仕草をした。

「リリアは私より神の言葉を選んだのか――それほど、私との結婚は彼女には意味がなかったのか」

スルホがクリスティアンの背中に向けて、強い口調で応えた。

「いいえ、その逆です。王子妃殿下は、殿下のお身の上のことだけを案じ、我が身を犠牲になさったのです」

「もう、なにもかもお終いだ！」

クリスティアンは芝居がかった声を出すと、くるりと振り返る。その表情に、さっきまでの怒りの色はなかった。彼はスルホに唇の前に指を当て、沈黙するように合図した。

スルホは察して、素早く口を閉じる。

戸口の外には、兵士が幾人も見張っていて、中の会話に聞き耳を立てているのだ。その中には、ラトゥリの息がかかった者も紛れているかもしれない。

クリスティアンはテーブルの上にある離婚届を裏返し、ペンを取ってなにか書き付けた。それをスルホに見せた。

スルホは素早く文面を読むと、うなずく。クリスティアンは再びペンを動かしながら、絶望的な声色で言う。

「リリアと離婚する。神に心からお詫びし、心を入れ替えて生きる。スルホ補佐官、あとは万事頼むぞ」

スルホは書き付けを見つめながら、応えた。

「承知しました。確かに離婚届は承りました」

スルホは大声で返事をすると、離婚届を手にした。

「では失礼致します」

クリスティアンは、退出していくスルホに意味ありげに目配せした。

スルホが牢獄を出て行くと、クリスティアンは鉄格子の嵌まった窓から外を見下ろした。

その顔には強い気力が漲っていた。

「リリア、待っていろ。必ずあなたを取り戻す」


リリアは、神殿の中のかつて使っていた自分の部屋に戻っていた。

ラトゥリから、クリスティアンが離婚届にサインし、監獄を出ることを許されたと聞かされ、心から安堵《あんど》した。

（これで、クリスティアン様の未来を救うことができた。私はもう思い残すことはなにもないわ）

そう強く自分に言い聞かそうとするが、思う端から胸の中にクリスティアンとの幸せな思い出が去来し、辛く苦しくてたまらない。

愛の告白をされ、心から嬉しかった。自分の思いの丈も伝えたかった。

ほんとうは、ずっとずっとクリスティアンのそばで生きたかった。彼が見せてくれると約束した広い世界を、見たかった。

白い結婚をすれば、一生この神殿から出ることはできない。

「クリスティアン様、コヤンカ、ヘルガ様、スルホ補佐官……会いたい。みんなに会いたい……」

リリアは人目を忍んでは、涙に暮れていた。


ラトゥリはリリアとの結婚を最速で進めた。

リリアが神殿に戻って十日も経たずして、結婚式を挙げることとなったのである。

白い結婚式の前日。

リリアは結婚前の禊をするために、一人で聖なる泉に向かった。

この泉に来るのは十年ぶりだ。

澄んだ泉や四阿の景色は、何も変わっていないように見えた。

「懐かしい……」

リリアは泉の前に跪き、神に祈りを捧げた。

最後に、口を清めようと、両手で泉の水を掬おうとした。ひんやりとした水の感触に、なにかが頭の奥でちかっと閃いたような気がした。

「え……!?」

一瞬、脳裏に一人の少年の面影がよぎった。ひどく懐かしく、胸が締め付けられるように痛んだ。

「今のは、誰?」

リリアは何度も頭を振って、記憶を手繰り寄せようとした。

しかし、その姿は二度と思い出せなかった。

「……」

なにかざわざわと予感がする。

いい予感か悪い予感かもわからない。

でも、胸のざわつきはおさまらなかった。

――いよいよ白い結婚式当日になった。

リリアは簡素な結婚衣装に着替え、巫女の一人に手を引かれ、神殿の奥の祭壇に向かって回廊を進んでいた。その衣装は、以前リリアが最初の白い結婚式を挙げる際に着たものであった。

あの時は、結婚式当日に相手の最高位神官が亡くなってしまい、結局式を挙げることはできなかった。悲しい出来事であったが、その結果、クリスティアンと巡《めぐ》り逢《あ》うことができたのだ。

今また、同じ衣装を着て、亡くなった神官の息子である人と結婚することになろうとは。

運命はリリアをどこまで翻弄するのだろう。

聖堂に入ると、中央通路の両脇に神官たちがずらりと並んで平伏していた。そこには、ハンネスの姿もあった。

最奥の祭壇の前では、派手な法服に身を包んだラトゥリが、したり顔で待ち構えている。

リリアは大きく深呼吸した。

そして、ラトゥリの方へ一歩一歩進む。

聖なる祭壇に向かっているのに、地獄の穴に近づいていくような絶望的な気持ちだった。

二人が祭壇の前に並び、平伏していた神官たちが身を起こそうとした時だ。

突如、ドーンという爆発音が響き、祭壇の上に大きな火柱が燃え上がった。

「きゃあっ」

「うわっ」

ラトゥリが悲鳴を上げて祭壇の前から飛び退き、勢い余って尻餅をつく。リリアは呆然として、火に包まれた祭壇を見つめていた。

業火は燃え上がったかと思うと、ふいに消滅した。焦げ臭い匂いが聖堂の中に立ち込める。

居並ぶ神官たちから恐怖と驚きの悲鳴が上がった。

「これは——神の降臨の炎！　御神託が下されたのだ！」

ハンネスが大声で叫んだ。

彼は素早く前に進み出た。そのまま階を駆け上がり、リリアの側をすり抜けて祭壇の一番上に置かれてある石板を掴んだ。

まだ熱を持っていそうな石板を、ハンネスは顔色ひとつ変えずに手に取った。リリアは彼の血相を変えた様子を、唖然として見ていた。

彼はそこに刻まれてある文字を聖堂中に響き渡る声で読んだ。

「『一度世俗に帰還し純潔を失った白い女神は、二度と神殿に戻ることは許されない、したがってこの結婚は無効である』ここにはそう記されております！　したがって、この結婚式は中止となります！」

おおっとどよめきが起こる。

「な、なにを馬鹿なことを言っているのだ！」

ラトゥリが顔色を変えて起き上がり、ハンネスの手から石板を奪い取った。

「あっちち——くそっ」

ラトゥリは聖職者にあるまじき罵り声を上げながら、石板に目を凝らす。凝視しているラトゥリの横から、ハンネスが表情を窺うような顔で言った。

「確かに古代文字で刻まれております」

「ぐぬう——」

ラトゥリは喉の奥で唸《うな》り声《ごえ》を上げ、わなわなと手を震わせる。

「こ、これはなにかの陰謀だ。こ、こんなもの、偽物に決まっている！」

彼は腕を振り上げて、石板を床に叩きつけた。石板は粉々に砕けた。

リリアは思わずラトゥリを諌めた。

「何をなさいますか！　聖なる場所でのこのような冒涜行為は、たとえ準最高神官様と言えど、許されるものではありません！」

「黙れ！　小娘！　お前は黙って私の妻になればいいんだ！　来いっ、結婚式の続きを執り行うぞ！」

ラトゥリは恐ろしい形相で、リリアの腕を乱暴に掴んだ。

「あうっ」

激痛にリリアは悲鳴を上げる。

「そこまでにしろ。ラトゥリ準最高神官」

騒然とした聖堂の空気を破り、凛とした澄んだ声が響き渡る。

「神の御前で見苦しいぞ」

その場にいるもの全員が、声のする方へ顔を振り向けた。

聖堂の入り口に、クリスティアンがすらりと立っている。

彼はそのまま中央通路を進み出てきた。

「クリスティアン様……」

二度と再び会えないと思っていた彼の姿に、リリアは胸が熱いものでいっぱいになる。

「な、なぜここに⁉　神殿には王族と言えど、謂われなく入れぬ決まりだぞ！」

ラトゥリがからがらした声で言い返した。

「確かにな——だが、記念式典や犯罪や自然災害など緊急時には、神殿への立ち入りが特例として認められている。私は法務大臣でもある。罪人を逮捕しに来た」

クリスティアンは落ち着いた態度で、階の下まで辿り着く。

「は、犯罪、だと⁉　な、何の話だ？」

ラトゥリは血走った目でクリスティアンを睨みつけた。クリスティアンはゆっくりと腕を組む。

「あなたのことだ、ラトゥリ準最高神官。あなたは、我が父と私の毒殺を謀った。王家の人間の暗殺をくわだてた首謀者だ」

ラトゥリは真っ赤になって怒鳴り返した。

「何を言うか！　そんな証拠など、どこにもないぞ！」

「証拠は、ここにある」

戸口から、重々しい威厳のある声がした。

ラトゥリがぎくりと身を竦めた。

ヘルガとスルホに両脇を支えられて、王冠を被った男性がゆっくりとこちらへ向かってくる。痩せて青ざめた姿だが、全身から王者の威厳が漂っていた。リリアはハッと目を瞠る。

国王陛下であった。

人々が戸口に目をやり、どよめいた。神官たちは一斉にその場にひれ伏した。

「国王陛下――！」

リリアも思わず跪いていた。

「父上、ご無理をなさらずに」

クリスティアンは国王の手を取り、ヘルガの替わりに彼を抱き支えた。国王はしっかりした声で言う。

「私はやっと目覚めた。そして、全ての記憶が蘇った。ラトゥリ準最高神官、お前が私に毒を盛ったのだ」

国王は立ち竦んでいるラトゥリ準最高神官に向かって指を突きつけた。

「私はお前がすすめたワインを飲んだ直後、倒れてしまった。意識を失う前に、お前がこれでこの国は自分のものだと高笑いしたことを、はっきりと覚えているぞ」

ラトゥリの顔色が、みるみる紙のように蒼白《そうはく》になった。

「う、う――」

彼の全身ががたがたと震えてくる。

クリスティアンはヘルガの腕に国王を託すと、進み出て階に足をかけた。

「ラトゥリ準最高神官、大逆罪で逮捕する」

「くそぉ、小僧――お前も毒で死んでくれればよかったものを――」

顔を醜く歪めて喚《わめ》き立《た》てたラトゥリに、クリスティアンは冷静に返した。

「語るに落ちたな――幼少期の私の健康が優れなかったのも、やはりあなたの仕業だったのだな」

「くっ――」

ラトゥリは悪魔のような形相になり、素早く懐から何か掴み出そうとした。跪いていたリリアは、殺気を感じてパッと顔を上げる。ラトゥリの手に、ギラリと光るナイフが握られている。彼はそのまま階を下りて、クリスティアンに襲い掛かろうとした。

「危ないっ、クリスティアン様っ」

リリアは咄嗟に身を投げ出し、ラトゥリの足にしがみついていた。

「うわあっ」

ぐらりとラトゥリの身体が傾いた。

「きゃあっ」

リリアは一緒に階を真っ逆さまに転げ落ちた。

落下する恐怖に、リリアの心臓はひゅんと縮み上がる。けれど、ラトゥリの足は決して離すまいとした。

（死んでも、クリスティアン様をお守りするんだ！）

二人はもつれ合って階段を転がり落ちた。ごつんごつんと頭や背中が階段の縁にぶつかり、激痛で気が遠くなった。ああこれで死ぬのだ、と覚悟をする。

あわや、床に叩きつけられそうになる瞬間、ふわりと身体が宙に浮いた。

「リリアっ」

クリスティアンが脱兎《だっと》のごとく階を駆け上がり、リリアを抱きすくめたのだ。

クリスティアンは自分がリリアのクッションになるような体勢で、階の上に倒れ込んだ。

ラトゥリだけがそのまま階段を転げ落ちていき、床にどさりと倒れた。刹那、ラトゥリは、この世のものとも思えない断末魔の悲鳴を上げる。

「ぎゃあああっ」

尾を引くような悲鳴は次第に小さくなり、やがてしんと聖堂は静まり返った。

「殿下、王子妃殿下、お怪我はありませんかっ」

血相を変えたスルホが駆け上がってくる。

クリスティアンはリリアをしっかりと胸に抱きしめて、うなずいた。

「咄嗟に受け身を取った。二人とも無事だ」

リリアは衝撃と痛みで頭の中が真っ白になっていた。

「リリア、リリア――しっかりしろ、リリア！」

肩をそっと揺さぶられ、リリアの頭の中の靄《もや》が次第に消えていく。

瞼をゆっくりと開ける。

心配そうに覗き込んでいるクリスティアンの顔が、視界いっぱいに入った――その端整な顔に、かつて愛していた少年の面影がぴったりと重なった。

「あ……？」

直後、リリアの記憶の封印が解けた。

頭の中に、怒涛のごとく過去の思い出が流れ込んでくる。

聖なる泉で、初めて出会った少年。

陽の光に輝く金髪、澄んだ青い目。

無邪気な水かけっこ、甘いマカロンの味、木登りの興奮、雨の日の物語の朗読、そして、突然の別れと悲痛な気持ち――。

何もかも、思い出した
「あ、ああ……」

リリアの紅玉の瞳が涙でいっぱいになった。

「どこか痛むか？」

クリスティアンがさらに顔を寄せてきた。

リリアは震える声でつぶやいた。

「泉の……王子様」

クリスティアンがハッと息を呑んだ。

彼も声を震わせる。

「――ミナヴァルコカニン」

熱い感情がリリアの全身を満たした。白桃のような頰に、ほろほろと涙が零《こぼ》れ落《お》ちる。リリアは気持ちを込めて答えた。

「シヌンヴァルコカニン《あなたの白ウサギ》」

「ああ！　リリア――思い出してくれたのか！」

クリスティアンの青い瞳が潤んだ。彼は壊れ物を扱うようにそっとリリアを抱き締め、耳元で繰り返した。

「ミナヴァルコカニン、ミナヴァルコカニン――愛している、私のリリア」

リリアは両手をクリスティアンの広い背中に回し、愛おしげに抱き締めた。心臓が壊れそうなくらいドキドキと音を立てる。

やっと言える。この言葉を。

「シヌンヴァルコカニン……クリスティアン様、愛しています。ずっとずっと、愛していました……」

「リリア――愛している」

クリスティアンは心から愛おしそうな笑みを浮かべ、リリアの唇に触れるだけの優しい口づけをした。

「――あの、殿下」

スルホが遠慮がちに声をかけてきた。

二人はハッと我に帰る。

クリスティアンはリリアを軽々と抱き上げると、立ち上がった。

「ラトゥリ準最高神官の逮捕をせよ」

クリスティアンがそう命じると、倒れているラトゥリの前に跪いていたハンネスが、こちらに顔を上げて首を横に振った。

「殿下、神官はもう事切れております」

クリスティアンがかすかに息を呑んだ。

「なんだと?」

「床に落ちた時の衝撃で、持っていたナイフが自分の胸に刺さってしまったのです」

ハンネスはゆっくりと立ち上がると、自分の上着をそっとラトゥリに掛けた。そして胸の前で両手を組み、弔いの祈りを捧げた。

「――そうか。自業自得だが、神の裁きが下ったのだな」

クリスティアンはしみじみとした口調で言った。

それから彼は、聖堂の入り口に向かって手を挙げて合図した。

「入ってこい」

そこに待機していたらしい近衛兵たちが、素早く入場してきた。クリスティアンはきびきびと指示を出す。

「ラトゥリ準最高神官の遺体を運び出せ。曲がりなりにも聖職者だ。丁重に扱え」

「御意」

近衛兵たちはラトゥリ準最高神官を担ぎ上げ、聖堂から運び出す。

見届けてからクリスティアンは、その場に凍りついている神官たちにキッパリと言った。

「犯罪人のラトゥリ準最高神官は、死亡した。結婚式は中止である。委細は追って通達する。解散し、神殿は喪に服せよ」

威厳に満ちたクリスティアンの言葉に、神官たちは粛々とその命令に従った。あっという間に、聖堂にはひと気がなくなった。

クリスティアンはリリアを抱いたまま、ゆっくりと階を下り、ヘルガに支えられている国王の前に進み出て、リリアをそっと下ろした。

そして、跪いて最敬礼した。

「父上。あらためて報告いたします。私は、この神殿の娘リリアと結婚しました」

リリアもスカートの裾を摘み、クリスティアンに倣って深々と頭を下げた。

「国王陛下、お初にお目にかかります。クリスティアンの妻、リリアでございます」

国王陛下は穏やかな表情で二人を見遣った。

「ヘルガより、お前たちの結婚の経緯を聞いている。おめでとう、二人とも。国王より祝福を与える」

クリスティアンの肩が小刻みに震えてる。

「父上――やっと、やっとお話ができました。感無量です」

「うむ、私もだ。長い間意識を失っていた。その間、お前だけが頼りだった。よくぞカルサミヤ王国の秩序と平和を守り抜いてくれた」

「いえ――私は王子として、成すべきことをしたまでです」

クリスティアンの声が嗚咽に掠れ、国王も涙声になった。

「クリスティアン、我が王子よ。お前の功績を、父として心から讃《たた》える」

「父上――ありがとうございます」

リリアは数年ぶりに会話を果たした父息子の情愛の姿に、心打たれて視界が涙で滲んだ。


ラトゥリ準最高神官の死により白い結婚は無効となり、リリアはクリスティアンと城に戻った。国王もヘルガに付き添われ、共に帰城することとなった。

城内の者たちは、目覚めた国王と白い女神を、嵐のような歓声で迎えた。

こうして――怒涛の一日が終わったのである。


「ああ、コヤンカ、会いたかった！」

夫婦の部屋に入ると、コヤンカが弾丸のような勢いでリリアの胸に飛び込んできた。

リリアはコヤンカを抱き上げるとふわふわな毛並みに顔を埋めて、嬉しさと懐かしさに啜り泣いた。

「元気だったのね、よかった、ああ、よかったわ」

「そいつは、お前の姿が見えなくなってからずっとこの部屋を離れず、お前を待ち続けていたんだ」

部屋着に着替えたクリスティアンは、目を細めながらリリアをコヤンカごと強く後ろから抱きしめた。驚いたコヤンカはぴょんと床に飛び下りる。

「ん……クリスティアン様、苦しい」

「あ――」

クリスティアンはさっとリリアを離し、頭のてっぺんから爪先までくまなく見回した。

「階段から落ちかけたんだ。怪我はないか？　打ち身は？」

「ちょっと背中を打ちましたが、クリスティアン様が抱き止めて下さったから、大丈夫です」

「いや、心配だ。見せろ」

クリスティアンは強引にリリアを後ろに向かせ、胴衣の後ろ釦を素早く外していく。

「あ、なにを……」

「大事なあなたの身体だ、きちんと調べないとな」

あっという間に胴衣やコルセットが外され、上半身を裸にされてしまった。クリスティアンが背中を穴が開くほど見ている。リリアは気恥ずかしくて身を竦めた。

「ど、どうですか？」

「透き通るような白い肌に、痛々しい青い痣《あざ》が浮いている」

クリスティアンの指先がふいに背中に触れてきた。

「ここと、ここにも」

「あっ……」

擽ったさに肩がぴくりと震えた。

「身を挺《てい》して私を助けようとするなんて――こんな華奢な身体のどこに、そんな勇気があるのだろう」

クリスティアンの息遣いが背中に感じられたかと思うと、青痣《あおあざ》が出来た箇所にそっと口づけされた。

柔らかい感触にじわっと肌が熱くなる。

「あ、ん」

「痛むか？」

「いいえ、少しも」

「勇敢な白ウサギ、私の可愛い白ウサギ、私のリリア」

クリスティアンはリリアに甘くささやきながら、背中の至る所に柔らかい口づけを落としていく。

悩ましい刺激がリリアの官能を揺さぶってくる。

「ん、んん、もう……やめて……」

リリアは身を捩って逃れようとした。

「だめだ、もう逃さない」

クリスティアンはリリアの細腰を抱えて、引き寄せる。首筋をクリスティアンの高く固い鼻梁《びりょう》が撫で回した。

「あなたをこうして手に入れるまで、十年以上かかってしまった」

「泉で、約束してくれましたね。私を神殿から救い出してくれるって」

「そうだ。私はあなただけを思って、血の滲むような努力を積んだんだ。いつかあなたを迎え入れるために、城にあなたの部屋を準備させた。神殿の女神と結婚できるように、法務大臣の地位を得て、法制を改正した。なにもかも、あなたをこの腕に迎え入れるために」

「私のために、そこまで……」

リリアは感動のあまり心臓が震えた。

「それなのに、私はあなたを忘れたくて記憶を封印してしまったの……許してください」

「いや。私はあなたと二度恋を育《はぐく》むことができた。あなたが何度私を忘れようと、私はその度にあなたと恋をやり直す覚悟がある」

「クリスティアン様……」

リリアは胸がいっぱいになり、顔を振り向けてクリスティアンを見上げた。

「私も、何度でもあなたに恋するでしょう。あなた以外、愛せる人はいないわ」

「リリア――愛している」

「愛しています、クリスティアン様」

二人は万感の思いで見つめ合い、ゆっくりと唇を重ねた。重なったかと思うと、クリスティアンの舌先が乱暴に唇を押し開け、口腔内を激しく掻き回してきた。

「っ、んん、んぅっ」

抑えてきた欲望が爆発したように、クリスティアンはリリアの舌を搦め捕って雄々しく蹂躙《じゅうりん》してくる。呼吸ばかりか魂まで奪われそうなほど情熱的な口づけに、リリアの全身からくたくたと力が抜けてしまった。

クリスティアンはリリアの身体を支え、絶え間なく口づけを仕掛けながら、じりじりとソファに近づいていく。もはや抱く気満々である。

そのまま自分の上にリリアを抱き上げる姿勢で、ソファに仰向けになった。そこに、痛めた背中を下にさせないための気遣いを感じた。切羽詰まっているようで、思いやりを忘れないクリスティアンの仕草に、胸がきゅんきゅん甘く疼く。

クリスティアンはリリアのスカートをたくし上げ、下穿きをずり下ろす。そして、剥き出しの乳房に顔を埋め、柔らかな肌を吸い上げた。すでに凝り始めている乳首を咥え込まれると、せつない痺れが走り抜け、その刺激だけで軽く達してしまいそうになる。

「あなたが欲しい」

「クリスティアン様……私も、あなたが欲しい」

甘くささやき返すと、クリスティアンは左手でリリアの腰を抱えつつ、右手でもどかしげにトラウザーズの前立てを緩めようとした。リリアは拙いながらも自分の両手を添えて、それを手伝う。

すでに最大限まで勃ち上がったクリスティアンの欲望が掌に触れると、火傷《やけど》しそうなほどの熱量に、リリアの下腹部もひくひくと淫らに疼く。

リリアは太茎を両手で包み込み、自分の花弁に誘う。

「もう来て、クリスティアン様……」

快楽に掠れた声でねだると、クリスティアンは乳房から顔を外し、濡れた眼差しでみつめてきた。

「リリア」

彼の右手がリリアの下腹部に伸びてきて、秘所がすっかり濡れそぼっていることを確かめた。

「挿《い》入れるぞ」

蜜口にみっしりとした肉塊が押し当てられたかと思うと、クリスティアンが腰をぐっと突き上げてきた。媚肉をめいっぱい押し広げて、凶悪な剛直が一気に押し入ってくる。

「あああぁっ」

疼き上がった胎内が快感に満たされ、リリアは甲高い嬌声を上げる。

「ああ、あなたの中はいつでも素晴らしい」

クリスティアンは満足げにため息を吐くと、最奥をさらに切り拓《ひら》くようにずんと腰を穿つ。

「ひぅん、っ」

下腹部が心地良さに痺れ、子宮の深い所から目も眩むような快感が押し寄せてくる。

「リリア、私のリリア」

クリスティアンは繰り返し名前を呼びながら、激しく抽挿を始めた。

「はぁ、あ、すご……い、あ、あ、やだ、もう、あぁぁ、あぁぁっ」

瞼の裏で、愉悦の衝撃が火花を散らす。

リリアが感じ入るたびに、熟れ襞がきゅうきゅうとクリスティアンの怒張を断続的に締め付けてしまう。

脈打つ太茎で濡れそぼった蜜壺を掻き回し、先端が最奥の感じやすい箇所を突き上げると、深い悦楽に身体がびくびくと跳ね上がる。

「ふぁ、あ、は、はぁあ……」

「その蕩けた顔、堪らないな。あなたの感じるところ、もっと私に教えてくれ」

「や……もう、だめ、だめぇ」

みっちりと胎内を剛直が埋め尽くす膨満感と、勢いよく引き摺り出される喪失感の繰り返しに、抗いがたい愉悦が全身を犯していく。

「これは、どう?」

クリスティアンはリリアの柳腰《りゅうよう》を強く抱え、ぐりぐりと子宮口の入り口を硬い亀頭で突き上げる。

続け様に絶頂が襲ってきた。

「……ひぁっ、あ、あ、おかしく、あ、もう、おかしく……なっちゃう……っ」

リリアは感じ入って涙をぽろぽろ零しながら、堪えきれない快感にいやいやと首を振る。

それでも濡れ襞は熱い肉棒を強く咥え込み、小刻みに収斂をくりかえして、自らも快感を生み出してしまう。

「ああ、いいぞ、リリア」

クリスティアンの律動はいつも以上に情熱的だった。

「あ、あ、も、あ、も、達っちゃ、あぁ、またぁ……」

歓喜した身体が強張り、腰が淫らに波打った。

「く——そんなに絞めたら——もたない」

クリスティアンが余裕なく息を乱す。

しばらく二人は触れ合えなかった。

クリスティアンの欲望は限界に来ていたのかも知れない。

それもリリアも同じで、意識できなかったが胎内の奥深くにクリスティアンを求める劣情が澱《おり》のように溜まっていたのだ。

腰を打ちつけられるたびに絶頂に追い上げられ、すぐに達したままになってしまう。

あまりに凄まじい快感の連続に耐えきれず、リリアは自分から腰をくねらせてクリスティアンの肉棒を擦り上げては声を上げる。

「んぁ、あ、悦い、クリスティアン様、悦いの、あ、もう、来て、ぁぁ、もう……っ」

「リリア、いいか？　一度、達く――ぞ」

胎内でクリスティアンの肉棒がどくんと大きく脈打ち、嵩《かさ》を増した。

「リリア――っ」

「あ、達く、達っちゃう、ぁぁあぁぁぁぁっ」

快感の涙で視界が滲み、意識が一瞬飛ぶ。

濡れ襞に包まれた太茎がびくびくとおののき、リリアの中へ大量の白濁を吐き出す。

「あ、あ、ぁ、あ……」

身の内にじんわりと拡《ひろ》がっていく熱い飛沫を感じ、リリアは身も心も満たされきってうっとりと目を閉じた。

直後、弛緩《しかん》し切った身体がクリスティアンの胸に崩れ落ちる。

「リリア、私の可愛いリリア――」

クリスティアンが労るようにそっと背中を撫で、耳元で掠れた色っぽい声でささやく。

「愛しているよ」

なんて幸せなのだろう。

大好きな人に、ずっとずっと愛され求められてきた。

この人のためなら死ねる、と思うほどに愛している。

リリアは頬に感じるクリスティアンの少し早く力強い鼓動を感じながら、嬉《うれ》し涙《なみだ》を零した。

情欲の嵐がおさまるまで、二人はぴったりと密着して抱き合っていた。

リリアはしみじみとした声でささやく。

「まさか、あの時に神様からの御神託が下されるとは、思ってもみなかったわ。神様は私をお救い下さったのね。それに、今となっては、あの時、白い結婚をし損ねたことであなたに救われたわ。亡くなられた神官様には申し訳ないことですが、奇跡が幾つも起こったよう」

クリスティアンはリリアの乱れた白い髪をしばらく梳っていたが、おもむろに切り出した。

「信心深いあなたをがっかりさせたくないのだが――あの御神託は私の捏造《ねつぞう》だ」

「ええっ？」

リリアは思わず素っ頓狂な声を上げてしまった。

クリスティアンは平然と続ける。

「そもそもが、ラトゥリ準最高神官が言い出した御神託自体がまやかしだったんだ。彼は祭壇の裏に火薬を撒《ま》き、腹心の者に火をつけさせ、あらかじめ古代文字を刻んだ石板を燃え上がらせたんだ。私はハンネス二級神官に命じて、祭壇の周囲を調べさせた。燃え残りの火薬が散らばっていたと聞き、作為的なものだったと確信した」

リリアは目を瞠った。

「そんな……高位におられる方が、神様を利用するなんて……」

クリスティアンはリリアを慰めるように、優しく頰を撫でた。

「だから私も考えた。同じ手で、御神託を捏造しラトゥリ準最高神官を返り討ちにしてやろうと。スルホ補佐官とハンネス二級神官に命じ、結婚式の日に作戦を実行したんだ。彼はあの御神託が私の演出であると気がついたろうが、自分も同じ手で不敬な行為をしているので、さすがに強く追求できなかったんだろう。結婚式に直前に父上がお目覚めになったことこそが、神の思し召《おぼめ》しだった。まあ、私には神罰が下るかもしれないが、あなたを救い出すためなら、それも覚悟の上だ」

リリアはキッと表情を正した。

「いいえ、いいえ。私が神様に毎日心を込めて祈ります。あなたを許してくださるよう、祈りますから」

リリアの健気な意気込みに、クリスティアンは目を細めた。

「ありがとう。私も共に神に謝罪の祈りを捧げよう。それと、あなたの奇跡の感動に水ばかり挿すようだが――」

クリスティアンは軽く咳払いをして、続けた。

「あなたを手に入れるために、実はもうひとつ、私は手を打っていたんだ。十年前の白い結婚を、断固として阻止するためにね」

「え？」

リリアはきょとんとしてクリスティアンを見つめた。彼の目元が、少しバツが悪そうに赤らんでいた。

「あの当時、まだ十六歳だった私にはあなたを神殿から救い出す力はまだなかった。だから、せめてあなたの結婚を阻止したかった。亡くなったラトゥリ最高神官は、あの時すでに余命いくばくも無かったのだ。彼は息子のラトゥリ準最高神官に、白い結婚を譲るつもりだった。しかし、私は病床の神官に真摯に自分の気持ちを打ち明けたんだ。息子と違い父のラトゥリ最高神官は、神殿の腐敗に心を痛めていた。私は精進して立派な王子になり、必ず神殿にはびこる悪を払拭すると彼に約束した。だから、あなたの命と引き換えにしてくれと。ラトゥリ最高神官は承諾した。それで、私はラトゥリ最高神官とあなたの白い結婚を強行させたんだ。結婚式を待たずして、ラトゥリ最高神官はお亡くなりになった。私の計算通りだ」

「まあ！　そこまで、手を回していたのですか？　私の運命はあの時からもう決まっていたということなの？」

クリスティンは人の悪い笑みを浮かべた。リリアは少し呆れて言った。

「ほんとうは、けっこうな腹黒な人だったのですね」

「あなたを手に入れるためなら、多少あくどいこともするさ。だが、私は亡き神官との約束は守った。

神殿はこれから、ハンネス二級神官を中心にした若く清廉な者たちで、はびこった腐敗や癒着は粛清されるだろう」

クリスティアンはしれっと答えた。

リリアは心底ほっとして息を吐いたが、そこではたと思い当たる。

「あっ、でも私たちは離婚してしまいました。今は夫婦ではないのです。ど、どうしましょう！」

狼狽えたリリアに向かって、クリスティアンがニヤリと笑いかける。

「なんだ、そんな心配は無用だ」

「え？」

「離婚届は受理させず法務省の机の引き出しで眠っている。忘れたのか？　私は法務大臣だぞ。明日にでも、離婚届は破棄させる。証拠隠滅、だ」

「まあ――腹黒い」

リリアは少し呆れ顔で絶句した。

クリスティアンはその表情を見て、少しだけ気遣わしげな声でたずねる。

「私のことが、嫌いになったか？」

リリアはふいに破顔した。そして、首を横に振る。

「いいえ。強くて優しくて繊細でちょっとあくどいあなたが、大好きです」

「ふふ、言うようになったな」

クリスティアンが苦笑する。

「ふふ」

二人は額をくっつけ合い、くすくすと笑い、ごく自然に唇を重ね、愛情を分かち合うのだった。

二人の間にコヤンカがもぞもぞと潜り込んできて、幸福そうにため息をついた。

最終章

その後——。

国王の目覚めとラトゥリの死を知ったアーポは、震え上がってすべてを告白した。ラトゥリに唆され、次期国王の座を固めるために、クリスティアンを陥れる悪事に手を貸していたのだと。

アーポは己の犯した罪の大きさを心から悔やみ、無期限で謹慎することとなった。

一方、国王は意識を回復したものの、体力低下は甚だしかった。

そこで国王はこのまま退位し、郊外の静かな別邸で余生を送ることを決意する。

国王は王位をクリスティアンに譲位すると、正式に発表した。

議会も神殿も、満場一致でクリスティアンの王位継承を支持した。

かくして、クリスティアンは新国王となり、リリアは王妃の座に就くことになったである。


初秋の穏やかな日。

リリアはヘルガの部屋を訪れていた。

ヘルガは隠居する国王の身の回りの世話係として、城を出ていくことを決めていた。

「ヘルガ様、どうかお元気で。時々は別邸にお伺いしますね」

リリアはヘルガの手を握り締め、別れを惜しんだ。

「ありがとうリリア。いいえ、もう王妃様ね。あなたはこれから、もっと忙しい身になるでしょう。国民を導き幸せにするという大事なお役目があるのです。だから、私のことなどもうかまわないでいいのですよ」

「ヘルガ様……」

ヘルガの優しい言葉に、リリアは涙ぐんだ。

ヘルガは目を細め、少し声を落とした。

「それにね、私はこの世で一番大事なお方にお仕えすることができて、今はとても幸せなのですよ」

「え……?」

そういえば先だってクリスティアンから、ヘルガには密かに愛し合った男性がいたと聞いていた。まさか、その相手が国王陛下なのか？　目をぱちぱちさせていると、ヘルガが耳元に顔を寄せ、声を顰めて告白した。

「その昔。建国千年の記念の式典が神殿で執り行われ、特別に若き国王陛下が出席なされたの。私は白い女神として、陛下に祝辞を述べるお役目を与えられ、初めて陛下にお目通りしました。その時、私たちは一瞬で恋に落ちてしまった——許されない恋だった。私たちは一言も交わすことなく、互いの恋を心の中に秘めて生きてきたのよ。私は女神の役目を終えて盲目になり、陛下は病でお倒れになり意識不明に——もう二度と巡り会うことはないと思っていたわ。だから——あなたが私をお城に呼んでくれた時、せめて陛下の看病をしたいと申し出たのよ」

「そうだったのですね……」

リリアは二人のやるせない恋の物語に、胸がせつなく締め付けられた。

「きっと、神様がヘルガ様のお気持ちを汲《く》んで、陛下を目覚めさせて下さったのですね」

ヘルガがぽっと頬を染める。

「そうだと、とても嬉しいわ」

ヘルガはリリアの両手を握り、心を込めた声で言う。

「あなたと新国王陛下に、永遠の神のご加護がありますように。いつも祈っているわ」

「ありがとうございます。ヘルガ様、どうかいつまでもお元気でいてください」

「ありがとう、王妃様」

二人の旧友は涙を流し、別れを惜しんだ。

新国王となったクリスティアンは、王子時代にも増して精力的に国政の改革を断行し、カルサミヤ王国はさらに平和に豊かに発展した。

リリアは眼病を治癒する奇跡の王妃として「光の王妃」と呼ばれるようになる。

そして、長らく神殿に蔓延《はびこ》っていた旧弊な慣わしはすべて改善され、ハンネス神官を始め真に能力のある若い神官たちが神殿を司《つかさど》るようになった。

程なく、「純白の神の子の白い結婚」の制度も廃止となった。

リリアは、この国、最後の純白の女神となったのである。

国王夫妻の間には何人もの子宝に恵まれ、城の庭には常に白ウサギが無数に戯れていた。

二人は常に「ミナヴァルコカニン」「シヌンヴァルコカニン」と愛の言葉を交わし合い、最期の時まで仲睦まじい夫婦であった。

あとがき

皆さん、こんにちは！　すずね凜です。

「幼妻は2度花嫁になる。再婚厳禁なのにイケメン腹黒王太子が熱烈求愛してきます！」は、いかがでしたか？

生まれた時から人生を決定されてしまっていたヒロインが、ヒーローに出会って恋を知り、広い世界を知って、だんだんと成長していく物語です。

生まれた時からと言えば、私が生まれた時、父は私に当時ではなかなか斬新な名前を付けたんですね（その頃は、女の子は○○子というのが主流でした）。母がなんでそんなに変わった名前を付けるんだと聞くと、父は、

「将来、作家になった時にペンネームに使えるようにだ」

と、答えたと言うのです。母は生まれたばかりの子どもに変なことを言う人だ、と思ったそうです。

まさかまさかの、父の予言が当たるとは。

しかし、父は純文学系の作家を予想していたらしく、ＴＬ作家としては少し堅苦しい名前だったので、残念ながらいまだに使えておりません。

それにしても、父はなぜ生まれたばかりの私に作家の未来を予測したのでしょうねえ。父は早逝してしまったので、今では本心を聞くこともできません。

ただ、私は幼い頃から不思議と絵や作文を書くのが大好きで、もの心がつくと将来は漫画家か作家になりたいと、強く思うようになりました。父は内心、小躍りしていたかもしれませんね。

いつか、父の付けた本名で作品が発表できたらいいなぁ、と願っています。


今回、私は仕事中に帯状疱疹になってしまい、仕事が大変遅れてしまい各方面にご迷惑をおかけしてしまいました。色々配慮いただいた編集さんには、お礼の言いようもありません。

そして、最高のイラストを描いてくださったＦａｙ先生に、心からの御礼を申し上げます。

そして、このお話を読んでくださった読者の皆様に、最大級の感謝を。

また、次のロマンスでお会いできる日を楽しみにしております。

すずね凜

ガブリエラブックス好評発売中

gabriella books

異世界転生したら、推しの女嫌いなハズの王子様がグイグイ迫ってきます!

すずね凜　イラスト：ウエハラ蜂／ 四六判

ISBN:978-4-8155-4304-4

「愛している。あなたこそが、私の運命だ。」

公爵令嬢ディアーヌは王子リュシアンとの婚約直前に、この世界を描いた小説を愛読していた前世を思い出す。このままでは自分もリュシアンも悲劇となる設定に気付き、それを避けるべく婚約破棄を申し出た彼女に、リュシアンは興味を持ち熱く迫ってくる。「可愛いな、可愛い、私のディアーヌ」大好きな彼に蕩けるように愛され流される日々。ディアーヌは前世の知識で悲劇を回避しようとするが!?

ガブリエラブックスをお買い上げいただきありがとうございます。
すずね凜先生・Ｆａｙ先生へのファンレターはこちらへお送りください。

〒110-0016　東京都台東区台東4-27-5（株）メディアソフト
ガブリエラブックス編集部気付　すずね凜先生／Ｆａｙ先生 宛

gabriella books

MGB-099

幼妻は2度花嫁になる
再婚厳禁なのにイケメン腹黒王太子が熱烈求愛してきます！

2023年11月15日　第1刷発行

著者　すずね凜《りん》

装画　Ｆａｙ《ふぇい》

発行人　日向晶

発行　株式会社メディアソフト
〒110-0016
東京都台東区台東4-27-5
TEL：03-5688-7559　FAX：03-5688-3512
https://www.media-soft.biz/

発売　株式会社三交社
〒110-0015
東京都台東区東上野1-7-15
ヒューリック東上野一丁目ビル３階
TEL：03-5826-4424　FAX：03-5826-4425
https://www.sanko-sha.com/

印刷　中央精版印刷株式会社

フォーマットデザイン　小石川ふに（deconeco）

装丁　吉野知栄（CoCo. Design）

ISBN 978-4-8155-4326-6